Atma Dehe Asmin

Die Seele in diesem Körper

Von PackraOnis

© 2024 Auflagen PackraOnis

Verlag: BoD • Books on Demand GmbH, In de Tarpen 42, 22848 Norderstedt Druck: Libri Plureos GmbH, Friedensallee 273, 22763 Hamburg ISBN: 978-3-7597-7879-6

Atma Dehe Asmin

Die Seele in diesem Körper

PackraOnis

PackraOnis wurde 1961 in den Regionen der ehemaligen K&K Monarchie geboren, obwohl er nicht als Autor bekannt ist, findet er seine Erfüllung als Schreiber von kurzen und langen Notizen.

In zweiter Ehe ist er mit Kalifa verheiratet, die in Bezug auf Ausgaben, ähnlich verschwenderisch ist, wie ein russisches Fahrzeug mit Benzin, aus seiner ersten Ehe hat er eine erwachsene Tochter.

Im Hauptberuf ist PackraOnis ein Landstreicher auf Schienen, nebenberuflich ist er zu Hause ein Diener von zwei Katzen. Dann, und erst dann, widmet er sich dem Schreiben.

Widmung

Mein Buch ist eine Hommage an meine wenigen Freunde, die ich habe, meine Leidensgefährten, es sind Bände geknüpft worden, wir haben gemeinsam viele tiefe Täler und selten hohe Gipfel erreicht, physische Distanz mag gewachsen sein, aber Erinnerungen und gemeinsame Erlebnisse sind in uns eingraviert worden.

Das ist auch ein Tribut an alle Suchenden, die sich beständig Fragen über den Sinn des Lebens stellen.

Inhaltsverzeichnis

Vorwort

Ich wollte eigentlich kein Buch schreiben, manchmal schreibe ich Gedichte oder Notizen. Aber ein Buch? Das dauert viel zu lange, wie bringe ich mindestens hundert Seiten zusammen? Seit Jahren lese ich nur vedische Texte, nach Mahabharata oder Srimad Bhagavatam habe ich kaum Sehnsucht etwas anderes zu lesen, schon lange habe ich keinen Fernseher in der Wohnung, das Autoradio ist still, einzige Verbindung mit dem Chaos um mich herum ist mein Job, den ich bisher mit Leidenschaft gemacht habe. Bisher. Stolz und Leidenschaft sind zwei schlechte Eigenschaften, man neigt zu Perfektion, wenn etwas nicht nach Plan läuft, stauen sich Aggressionen auf, in meinem Alter brauche ich keine Konflikte, die machen nicht jünger, im Gegenteil. Ich trage ständig einen Konflikt in mir und überlege auf alles zu verzichten, außer auf das Notwendigste um diesen Körper am Leben zu halten, oder noch ein bisschen versuchen in der Materie zu zaubern, um dieses Leben etwas behaglicher zu machen.

Ich habe manchmal gute Absichten, diese Welt ein wenig gemütlicher zu verwirklichen aber nur manchmal.

Der Weg zur Hölle ist mit guten Absichten gepflastert, hat Samuel Johnson geschrieben.

Auf meinen Reisen habe ich tausende Fotos gemacht, wollte etwas wie ein Fototagebuch machen, es ist zu teuer, das kannst du nicht bezahlen, ist zu mir gesagt worden. Eines Tages ist mir in Passau eine faszinierende Person begegnet, dann bin ich auf die Idee gekommen, statt Fotos zu veröffentlichen, meine Geschichte zu schreiben, das ist mir auch nahegelegt worden. Von wem?

Die Identität meiner Inspirationsquelle bleibt mein kleines Geheimnis, aber fühlt euch frei, euren Spekulationen Raum zu geben.

Einleitung

Atma Dehe Asmin ist ein Lokführer, auf seinen Reisen zu den schönsten Plätzen Österreichs begleitet ihn die atemberaubende Natur und eine wunderschöne Frau, sie ist manchmal ein Wesen aus Fleisch und Blut, ein anderes Mal ein Astral Wesen mit magischen Kräften. Er hat sie Tilottama, wie eine himmlische Apsara genannt, sie kann sich unsichtbar machen, auftauchen und gehen, wann sie will, sonst wohnt sie in Passau.

Atma Dehe Asmin kommuniziert mit ihr mittels Notizen und Telepathie aus der Ferne, in ihrer Abwesenheit plagen ihn Liebeskummer und Schmerzen der Trennung, es ist eine Mischung aus moderner und mystischer Liebe.

Atma Dehe Asmin hat außer Tilottama noch eine Leidenschaft, das ist sein Job als Lokführer, um glücklich zu sein, muss er auf eine Leidenschaft verzichten. Auf welche, Tilottama, seine Arbeit, oder auf sich selbst? Das weiß ich nicht, macht euch selbst ein Bild davon, ein Bild im Herzen, erzählt viel mehr als tausende Fotos am Luziferphone.

Die Geschichte wurde, aus der Ich Perspektive erzählt.

anta-kale ca mam eva   smaran mukiva kalevaram
yah prayati sa mad-bhavam   yati nasty atra samsayah

Und jeder, der sich am Ende seines Lebens, wenn er seinen Körper verlässt, an Mich allein erinnert, erreicht sogleich Meine Natur. Darüber besteht kein Zweifel.

Bhagavadgita wie sie ist 8.6

His Divine Grace
A.C. Bhaktivedanta Swami Prabhupada

Passau

Die Donau in Passau, zeigt je nach Wetterlage eine graue oder blaue Färbung.

Auch, wenn es bereits viele vor mir getan haben, möchte ich versuchen die Stadt mit wenigen Worten aus meiner eigenen Perspektive zu beschreiben.

Passau ist eine Stadt, die von Flussfahrern und Eisenbahnern geprägt ist, die Frachtschiffe verweilen im Frachthafen, während die Kreuzfahrtschiffe von Frühling bis Herbst einen ständigen Anblick im Stadthafen bieten.

Für die Eisenbahner, ein Endpunkt auf der Reise von A nach B, oder umgekehrt, fast zweite Heimat, am Feierabend wartet die Dusche, etwas zum Essen und Trinken, am meisten allein, ab und zu mit einem Kollegen zusammen.

Passau bedeutet Entspannung am Ende des Tages, einige versuchen noch, einen Zug nach Hause zu erreichen, für die ist die Stadt der Arsch der Welt, andere zucken mit den Schultern und gehen ins Hotel, ich gehe am meisten am Ufer spazieren, Donauluft inhalieren.

Seit meine Reisen nach Passau etwas seltener geworden sind, komme ich immer zu dir, unangemeldet, aber du ahnst es schon, früher habe deine Würste mit Kartoffel und Sauerkraut gegessen, seit einigen Jahren bin ich fast vegan, aber du hast immer etwas für mich und bei den Mehlspeisen kann ich nicht nein sagen.

Du magst nicht mit mir spazieren gehen, es ist auffällig, zu Hause gibts genug zu tun, wenn ich zurückkomme, gibts immer einen Häferl Kaffee und Kuchen.

Du begleitest mich auf eine andere Ebene, unsichtbar, in Passau und auf allen meinen Reisen, das ist eine Fähigkeit, die niemand besitzt, mindestens niemand aus meiner Umgebung den ich kenne, ich kann es dir ohnehin nicht verbieten mit mir zu reisen.

Wenn ich während der Fahrt müde bin, klopfst du mit dem Finger auf das Pult, wenn ich im Hotel nicht einschlafen kann, liest du mir die Geschichte aus Mahabharata, von Draupadi, damals schönste Frau der Welt und ihre fünf Ehemänner oder Krishna und 16108 Frauen vor, ich komme nicht einmal mit dir zurecht, denke ich und falle in den Schlaf.

Du sagst immer wieder, ich solle während meiner Reisen schreiben.

Es ist mir bewusst, ich denke ständig darüber nach, so etwas zu tun, aber beruflich gesehen neige ich ein wenig zur Faulheit.

„Deine Emotionen, Gedanken und Zuneigung sollen nicht nur in dir bleiben, sondern auch ausgesprochen und aufgeschrieben werden, die kommen sofort zu mir, dann kann ich sie fühlen und verstehen"

Ich schaue dich an, umarme dich zärtlich und meine, ich werde es versuchen, spüre Sehnsucht, jetzt schon, wie wenn ich nicht da bin, egal ob ich dich sehe, oder nicht, werden deine Augen nur in meiner Vorstellung zwinkern.

Ich bin von dir niemals getrennt, aber ich fühle so, was soll ich tun?

Ich wollte über Passau schreiben, stattdessen schreibe ich von dir, du bist in der Gegend verwurzelt, aber schreitest mit mir um die Welt, mindestens in diesem Teil der Welt.

Du hast mit mir eine Beziehung, nicht aus Schweiß, Blut und Knochen, das ist eine andere, die man mit den Augen nicht wahrnehmen kann, auf deinen Händen ist kein lesbares Leben, deine Hände, mein Gesicht, verschiedene Geschichten, alles vergänglich, die Gefühle bleiben im Herz und Raum im gemeißelt.

Der Regen,
Prasselt,
über,
Die im Nebel,
versunkene Stadt,
herab.
Ich kann,
meinen Durst,
nach dir,
nicht löschen.
In mir brennen,
Erinnerungen,
Spuren,
Stille Wünsche,
Ängste,
Und die Zeit,
Die mit dem Regen
In den Abgrund,
Des Vergessens,
Fließt.
Ich berühre,
Mit der Hand,
Ein schwaches Licht,
Zwischen,
Den Wolken.
In der Hoffnung,
Dass sich,
Dein Lächeln,
Über mich,

Ergießt
Alle Zweifel,
löscht,
Und mich neben,
Deiner Herzlichkeit,
Wahr werden,
lässt.

Wer bin ich, wer bist du?

Hm, ich habe mich gar nicht vorgestellt, die Frage ist, wer das wissen möchte?

Unsere Namen lassen wir bei Seite, es könnte sein das ich zu Hause ein anderes Leben habe, das könnte Schwierigkeiten auslösen, du kennst meine Lage, ich deine weniger, ich kenne dich nicht wirklich, du weißt alles von mir, wir rufen uns nicht nach Namen, du tauchst einfach bei mir auf, oder ich besuche dich, wenn ich in Passau bin.

Ich weiß, dass du allein bist, bekannt in der Gegend und darüber hinaus, aber niemand nimmt dich auf der Straße wahr, du kannst dich unsichtbar machen.

Ich habe beschlossen uns zwei Namen aus den Veden zu geben, ich bin Dehe Asmin, was ungefähr Seele in diesem Körper bedeutet.

Du bist Tilottama, wie Apsara, eine himmlische Jungfrau, da du in den schönen Künsten, Zeichnen, Poesie, Singen und Tanzen zu Hause bist, habe ich dich so genannt.

Wir sind einfach per du, wir lieben uns und trennen uns, um uns zu vermissen und noch mehr zu lieben, ein ewiger Kreislauf aus Liebe, Sehnsucht und Schmerz der Trennung.

Du kennst die Magie, kannst kommen und gehen, wann du willst, ohne Transportmittel, weiß nicht, ob du eine himmlische Jungfrau bist oder ähnliches, um mich zu verführen, aus der Fassung zu bringen, du bist sehr wohl irdisch auch, deine Magie verwendest du nur, um dich zu verbergen oder in meine Nähe zu kommen, für nichts anderes sonst, ich habe oft versucht dich zu überreden, du hast jedes Mal verneint.

Für eine Himmlische bin ich zu unbedeutend, also es muss etwas Anderes sein, werde dich eventuell einmal fragen, falls du mir eine Antwort geben kannst.

Wie habe ich dich getroffen oder hast du mich getroffen?

Mit dem Pfeil ins Herz jedenfalls.

Ich bin planlos entlang der Donauufer spazieren gegangen, sparsam bekleidete weibliche Konturen von einheimischen und Besucherinnen, begutachtet, irgendwann wollte ich mich irgendwo ins Caféhaus hinsetzen, leider war nirgends ein Platz frei.

Bei einem Tisch warst du allein, ich war noch unentschlossen, was ich tun sollte, du hast mich angelacht, und auf einen freien Platz gezeigt, ich habe mich bedankt und mich neben dich gesetzt. Du bist um einiges jünger als ich, sehr hübsch, schwarzes Haar in zwei Zöpfe und am Kopf traditionsgebunden, aber leger angezogen, hast ziemlich entspannt gewirkt, freundlich, ein ewiges Lächeln im Gesicht, hast mir aufmerksam zugehört, das hat mich in die Verlegenheit gebracht, etwas später habe ich mich auch entspannt und wir haben uns wie alte Freunde unterhalten.

Wovon haben wir geredet?

Von der Stadt, Menschen, Wetter, vergangene Zeiten, meinen Job, schreiben, zeichnen, singen, ich habe gedacht, dass du wahrscheinlich künstlerisch tätig bist. Ich habe mich erwischt, wie ich dich heimlich beobachte, den Klang deiner Stimme höre, Bewegungen von deinen Lippen verfolge, deine Hände haben mich einige Male berührt, mich hat Strom getroffen, du hast dann herzlich gelacht und meine Hand in deine genommen, da dachte ich, ich habe die untergehende Sonne geschluckt und sie wird gleich bei mir in der Brust mit der letzten Fusion, explodieren.

Es war ein Rausch an Gefühlen, der machtvolle Donaustrom hat es noch mehr verstärkt, ich wollte, dass es nie mehr aufhört, wie wenn ganzer Fluss nur aus der Liebe besteht, rinnt er durch mich raus, auf dich, auf die Menschen herum auf die ganze Stadt, ganz Bayern, hinüber nach Österreich und noch weiter ins Universum, ich wollte, dass es nie mehr aufhört, hatte Angst, wenn ich mich von dir trennen muss. Nein, das wollte ich nicht, auf keinen Fall, ich wollte jetzt mit dieser Eruption an Schmerzen, Sehnsucht, obwohl du einige Zentimeter von mir entfernt warst, sofort mein Job, alles, mein Leben aufgeben.

Das Caféhaus hat zugesperrt, ich kann mich nicht erinnern, ob ich überhaupt etwas getrunken habe, außerhalb des Nektars der Worte von deinen Lippen, was soll ich jetzt tun, ich kann mich nicht jetzt von dir verabschieden, habe Knödel geschluckt, du hast mir die Entscheidung erleichtert, mich unter deinen Arm genommen und entlang des Inn in die Innenstadt geführt. Wir sind gemütlich gegangen, falsch, du bist gemütlich gegangen, ich habe gezittert das du mich nicht fallen lässt, nur dein Arm hat mich am Leben gehalten, du hast es gewusst und mir durch deine süßen Worte, der Zärtlichkeit deiner Bewegungen, eine Art Energie eingehaucht, du hast mich in meinen geisterhaften Zustand zu deinem Haus geführt.

Ich konnte nicht sagen, wo ich genau bin, durch die Balkontür haben letzte Fetzen des Lichts ankommende Wolken überlistet und an der Wand und in deinem Gesicht gespielt, das hat nochmals den Zauber der Zweisamkeit im Zimmer verstärkt, du hast mich zur Sitzecke geführt, mir die Schuhe ausgezogen, meine Beine hochgestellt, dich hingesetzt, meinen Kopf auf deinen Schoss gelegt, sanft gestreichelt, einen Kuss auf die Stirn gedrückt, meinen Mund zart geküsst, deine Lippen haben nach Cappuccino und Pistazien geschmeckt, deine Haut hat nach frischen Rosen im Alpengarten geduftet.

Dann ist es passiert, wie wenn jemand einen Stöpsel aus mir gezogen hätte, eine Schwere hat sich aus mir verabschiedet, ich fing an zu weinen, mehr und mehr, ein richtiger Krampf, ich hatte das Gefühl, ich weinte mein ganzes Leben raus, konnte nicht aufhören. Du hast alle

meine Tränen mehrfach mit den Küssen getrocknet, bis ich mich langsam beruhigt habe.

Vorsichtig hast du meine Kleidung entfernt, dann hast du deine Zöpfe
gelöst und angefangen mich zu küssen, immer leidenschaftlicher bis
ich in der Ekstase bewusstlos geworden bin, ein Blackout, jemand hat
bei mir das Licht abgedreht, das war später immer wieder so der Fall,
ich konnte mich niemals an Liebe machen mit dir erinnern, ob wir es
jemals getan haben, konnte ich nicht mit Sicherheit bestätigen, du bist
für mich eine Glücksgöttin und mit einer Göttin tut man nicht einfach
den Körper aufeinander reiben, das, was ich in den Augenblicken deiner Anwesenheit erlebt habe, kann man niemals beim Sex erleben.

Aufgewacht bin ich mit dem Tageslicht, eigentlich hat mich dein Gesang aufgeweckt, du hast Frühstück vorbereitet und dabei gesungen,
deine Haare waren diesmal zu einem Zopf gebunden, es war ein Vergnügen dich anzusehen, wie du dich tanzend durch die Küche
schwingst, ich wollte mein Vergnügen, dich bei der Arbeit zu beobachten, nicht unterbrechen, aber du hast meinen Wachzustand bemerkt,
bist singend in meine Richtung gekommen, um mir einen Begrüßungs-
kuss zu gegeben. Dann hast du meine Decke entfernt und mich ins Bad
geschoben, während ich mich ein bisschen kultiviert habe, du hast
schon Frühstück serviert und wir haben in der Stille gegessen, vor dem
Essen habe ich natürlich meine Mantras gemurmelt, du auch mit mir
gemeinsam, es hat mich gewundert, dass du es auch kennst, aber ich
habe dich nicht gefragt.

Ich sollte spätestens bis zum Mittag als Fahrgast die Heimreise antreten, innerlich habe mich dagegen gestemmt, du hast es erkannt und gesagt dass es keine Trennung ist, es ist ein Anfang, wo du mich auf meinen Reisen begleiten wirst, wenn ich Sehnsucht nach dir habe, soll ich
ein Stuck Papier in die Hand nehmen und meine Gefühle aufschreiben,

du wirst es sofort wahrnehmen und wenn es nicht möglich ist, dich gleich mit mir zu verbinden, oder bei mir aufzutauchen, ich werde deine Liebe und Zuneigung im Moment zu spüren bekommen, ich soll auf keinen Fall Angst haben.

Nach dem Frühstück begleitest du mich zum Bahnhof, ich winke dir durch das Fenster vom ICE, der sich langsam in Bewegung setzt, sofort ist ein Schmerz da, mein Herz ist gebrochen, ich fühle mich im Moment verloren, dann denke ich an deine Worte, nehme meinen Notizblock, auf einer Seite ist Buchfahrplan von gestern, die andere ist noch frei und beginne zu schreiben.

Es ist schwierig so ein Empfinden, Zugehörigkeit und Abhängigkeit von deinem Seelenwesen, von deinen Umrissen zu beschreiben, zu besingen, die Worte, die Gedanken sind ärmer als Gefühle, aber ich tue es immer wieder und wieder und spüre eine unbeschreibliche Fülle vom Glück und Wärme.

Wien

Wien offenbarte mir seine Geheimnisse nicht, ich kenne Wien kaum, Kärntnerstraße, Ring, Donauufer und Bahnhöfe, es gibt eine Menge davon. Die Stadt zieht mich nicht mehr an, in meiner Jugend habe ich vom Neujahrskonzert geträumt, jetzt ist die digitale Pest ausgebrochen, keine Touristen, wenige Menschen, Lockdown, am Bahnsteig drei Eisenbahner, inklusive meiner Wenigkeit, ich komme

meistens in der Nacht an oder ich bin auf der Durchreise als Fahrgast. Wenn ich einen Tag in Wien im Hotel verbringen muss, gehe ich ab und zu entlang der Donau, zwischen Donaukai Bahnhof und Freudenau Hafen spazieren, wenige Menschen sind unterwegs, Sportler, Familien mit Kindern und ein Schwanen Pärchen.

In der Nacht habe ich nur einen Schwan gesehen, der schwimmt immer auf mich zu, eventuell hofft er auf Futter, um die Zeit bin ich der Einzige, der da herumgeistert, das schlechte Gewissen kommt aus mir heraus, habe nichts Essbares dabei das ich anbieten kann, eigentlich soll man Wildvögel nicht füttern.

Still ist die Nacht, der Schwan sagt nichts, ich schweige, die Donau erzählt, ich kann es nicht verstehen, nicht einmal erahnen.

Donau und ich, wir haben uns schon so oft getroffen, in Passau, Linz, Ybbs, Wachau, Krems, Wien, Bratislava, weiter südlich in Vukovar, Novi Sad, Zemun, Belgrad, am eisernen Tor.

Du folgst mir auf der Donauachse mit, erzählst nichts davon, lernst meine Arbeitskollegen kennen, meine Freunde und einige wenige Verwandte.

Auf der Praterkai Haltestelle bringt der Fluss den Duft von Mehlspeisen aus Passau mit, aus der anderen Richtung rieche ich das Schwarze Meer.

Gestern hast du einen Kollegen von mir kennengelernt, ein echter Steirer, überall zu Hause, überall unterwegs, kein Sitzfleisch, einmal in Miami, nächstes Mal in Schweden, Elfenbeinküste, war er noch nicht, glaube ich, ein Eisenbahner halt.

Wenn ich etwas brauche, rufe ihn an, Kummer Nummer.

Wenn interessiert es? Sein breites Lächeln ist größer als Wien Hauptbahnhof, sein Herz genauso.

Wie viele Künstler, Außerirdische, Seelenlose, Geschichten, hat der alte Südbahnhof gesehen, ich schaue alte Fotos an und versuche mich zu erinnern, wie es früher war. Heute darfst du nicht hier sitzen, liegen, essen, rauchen, übrigens wie überall österreichweit, hier darfst du nichts, nur schnell umsteigen, wenn möglich Geld dalassen, alles künstlich.

Für meinen Freund und mich ist es nicht wichtig, wir stehen neben dem Taxistand und schlürfen Cappuccino, er raucht, ich darf mich beim Atmen beteiligen, wir tauschen Erinnerungen und neusten Tratsch aus.

Deine Abwesenheit,
Werde ich,
Durchschlafen,
Die Zeit,
Werde ich,
Im Schlaf überholen.
Wenn ich dich,
Erreiche,
Den ersten Kuss,
Werde ich,
Bis ins Unendliche,
Verlängern,
Die Sekunden,
Werde ich,
In göttliche Jahre,
Verwandeln.
Mit einem Blick,
Werde ich dich,
Durchdringen,
Mit unserem Bewusstsein,
Werden wir,
Zusammenkleben,
Bis unser Widerstand,
In einer Demut,
Aufgelöst wird.
Und wir uns weg,
Vom Ufer der Stille,
Stoßen,
In die Wirbel,

Ungeahnter Höhen,
Unseres Verlangens.

Die Stadt als ein Organismus, die Donau als seine Lebensader, und der Schwan, als sein Bewusstsein?

Keine Ahnung, ich vermag es nicht weiter Wien zu deuten, möchte mich in dein Herz versetzen und nie mehr rauskommen, es steht fest, dass ich schon drinnen bin, aber in dieser Materie kann ich es mir nur vorstellen. In der Klarheit konnte ich feststellen, dass ich keine Stadt, kein Fluss, keine anderen Orte brauche um dich zu finden, mit dir zu sein, Klarheit ist im Herzen, im Gehirn herrscht Verwirrung, Bedarf nach Besitz, Angst und Ratlosigkeit, ein Versuch Erträumte zu erreichen, zu bewahren bevor die Blasen aus dem Verstand platzten, von erzwungenen Hindernissen vertrieben.

Ich liebe dieses Spiel manchmal, nächstes Mal, verfalle ich in Panik, es könnte alles anders verlaufen und ich verliere mich zwischen dir, Spielfeld der Illusion und Spielregeln, die ich nicht kenne, dann nehme ich irgendein einen Zettel und schreibe dir ein paar Worte, so wie du es mir empfohlen hast, um mich in der Angst nicht zu verlieren, in den fremden Vorstellungen zu verwirren.

Geschriebene Worte, Gedanken sind unsichtbare Verbindung zu dir, wenn es unerträglich wird, tauchst du auf, erfrischt mein Gemüt, wie am ersten Tag wo wir uns getroffen haben.

In dem Zeitalter vom Satansfone haben meine Papierfetzen eine mystische Kraft, sie vermitteln meine Gefühle schneller und direkter als jedes Byte, sind nicht zu hacken, da wird jedes Wort, jede Silbe lebendig und kann auch eine eigene Form annehmen.

Wenn ich als Fahrgast unterwegs bin, sobald ich einen Sitzplatz ergattert und mich eingenistet habe, beginne ich mit meinen Liebesnotizen, es dauert nicht lange, dann existiert nichts mehr außer wir zwei. Wenn ich selbst fahren muss, geht es natürlich nicht, da habe ich eine

Liebesbeziehung mit meinem Stahlross, obwohl diese Bezeichnung nicht mehr aktuell ist, eher elektronisches Ross mit leichteren Legierungen. Trotzdem, ich muss auf alle Geräusche, auf Zittern und Knistern achten, manchmal auf der ganzen Fahrt kann ich keinen einzigen Gedanken zu dir schicken, spätestens am Endbahnhof oder im Hotel bin ich aber wieder bei dir, eventuell kommst du zu mir ins Hotel.

Ab und zu begleitest du mich auf der Lok, wenn niemand dabei ist, oder wenn sich etwas Besonderes ergibt, wie mein Geburtstag, wenn ich in einem Ort länger als einen Tag bleiben muss, dann machen wir gemeinsam Ausflüge in die Gegend.

So vergehen Tage und Monate des Herren, von einem Bahnhof zum anderen, Städte, Landschaften, Jahreszeiten wechseln sich ab, eine Tür geht auf, eine andere zu, das spielt keine Rolle mehr bei mir, ob ich die richtige Entscheidung getroffen habe, oder nicht, ich schau nur auf die Tür, wo du reinkommst.

Löst sich die Liebe in jedem Winkel meines räumlichen Verständnisses des Lebens auf, achte ich auf meine geflügelten Papierbotschaften, die deine bevorstehende Anwesenheit ankündigen. Wenn ich deine Augen sehe, deren Ausdruck das Lächeln verstärkt, wenn du auf mich zukommst, kann ich nicht widerstehen, mich vor deiner Majestät, Anmut, Zärtlichkeit und Schönheit der Seele zu beugen, die fängt mich mit ihren grenzenlosen Emotionen ein.

Wer könnte das?

Ich nicht.

Villach

In Villach kenne ich nur Hotelbesitzer, Angestellte, einige Eisenbahngesichter, oder die Stimmen und Namen aus dem Funk und die Drau.

Im letzten Winter bist du mit mir am Westbahnhof von der Lok, einige hundert Meter im Schnee gelaufen, ich wollte ein Taxi nehmen, du wolltest zu Fuß, ich habe mich schwergetan, der Schnee war mindestens 20 Zentimeter hoch, von deinen Füßen habe ich keine Spuren im Schnee gesehen.

Deswegen bin ich zornig geworden, wollte nicht mit dir reden, mein Ärger hat mit dir eigentlich nichts zu tun, aber wie soll ich mit dem Schnee streiten?

Es ist kindisch, hast du gesagt, du musst über meinen Zorn lachen.

Wir haben beide gelacht.

Einmal bin ich mit dem Ausflugsschiff gefahren, ein Freund und ich, es war uns langweilig ganzen Tag in Villach, beim Spaziergang haben wir eine schwimmende Schale entdeckt, ein halber und ein ganzer Steirer in Kärnten, auf dem Hochsee. Auf der Drau Brücke riecht man schon den Süden und in Fürnitz kann ich das Mittelmeer fast am Himmel sehen.

Mein Leben haben vier Flüsse begleitet: Donau, Drau, Mur, Save und hoffentlich, im Leben nach dem Leben, in der spirituellen Welt, werde ich Sarasvati sehen.

Zwischen diesen Flüssen habe ich mein Leben verbracht, südlich, nördlich, östlich, westlich.

Ein Mensch bewegt sich hauptsächlich gegen den Strom, geh mit dem Flow, sagt jeder, ein menschliches Leben ist ein Gegenteil, alles in dieser Dimension ist gegen den Flow.

Jetzt ist Sommer, wir zwei sitzen am Flussufer und genießen Cappuccino, du bist für andere unsichtbar, für mich auch manchmal, es gefällt dir, die Stimmung ist ein bisschen wie in Passau, meinst du, nur ein wenig südlicher, an jedem Flussufer gibts einmal Süden.

Ich sitze entspannt da, du bist immer entspannt, kenne dich nicht anders, du nimmst mich an der Hand, hebst uns mit dem Tisch, Stühlen und Getränken langsam hoch, immer höher, in den wolkenfreien Himmel, ich habe nicht bezahlt, denke ich, unglaublich, in so einem Moment an Kleinigkeiten zu denken, das bin eben ich. Wir sehen den Faaker See, schweben über Rosental, Karawanken, Ljubljana, nach Kroatien, über Gorski Kotar bis wir die Kvarner Bucht, Istrien und die Triester Bucht sehen.

Es ist eine Mischung aus Stille, Aufregung, Leichtigkeit und Neugier, es lichtet sich nach Liebe im Dunst der Gedanken und macht den Durchlass frei für ewige Freude, nichts ist mehr wichtig, Nichtigkeit sprüht sich selbst, breitet sich in allen Partikeln der Erde nähe Illusionen aus.

„Was für eine Energie, kannst du nicht regeln, dass der Zug selbst fährt, heute Nacht, oder mich einfach teilen und wir fliegen runter und machen Urlaub?"

„Es wäre schön, wenn ich deine Begeisterung für Zugfahrten teilen könnte, aber leider möchte ich nicht, ich kann nichts gegen deinen Willen tun."

Du bringst uns wieder zum Tisch, wir genießen in der Stille unsere Getränke, ich glaube, ich bin kurz eingeschlafen, dann habe ich bemerkt, dass ich allein am Tisch sitze, keine Spur von dir, bist du ins Hotel gegangen, oder bist du schon weitergereist, als ich wahrnehmen kann? Ich versinke in mich hinein und frage, was ich wirklich will?

Bevor ich antworten kann, sagt eine Stimme:

„Entschuldigung, aber meine Schicht ist vorbei, kann ich bitte kassieren?"

„Jawohl" sagte ich, bezahle und starre auf die Rechnung, wie wenn ich da eine Antwort finden könnte. Es bleibt mir nichts anderes übrig, als mit den Schultern zu zucken und einige Stunden schlafen zu gehen, bevor es losgeht.

Unsere Umrisse,
Von der Brücke,
Des Verstehens,
Spiegeln sich,
Im Wasser,
Der versunkenen,
Sehnsucht.
Unsere Hände,
Ziehen uns,
Erbarmungslos,
In den Abgrund,
Des Verlangens.
Unser Wille,
Durchläuft,
Einen anderen,
Willen,
Des durchnässten,
Widerstands.
Unsere Körper,
Glimmen,
Und brennen,
Im Wasser,
Unserer Existenz.
Unser Bewusstsein,
Implodiert ins nichts,
Der Klang,
Unseres Wesens,
Explodiert,
Und verschwindet,

Im wässrigen Staub,
Zerstreutes,
Vergnügens.

Der Zug hat Verspätung, kommt erst am nächsten Tag, also kein Grund für Stress, ich bleibe im Zimmer und faulenze. In der Nacht bin ich im Hotelzimmer wachgeworden, draußen hat der Regen auf die Fensterbank geklopft, ich konnte nicht einschlafen, habe mich angezogen, den Regenschirm genommen und bin zum Fluss marschiert. Am Ufer angekommen, bin ich einige Zeit ruhig gestanden und habe die Lichter beobachtet.

Von der Seite habe ich die Geräusche im Kies wahrgenommen, Schritte, es gibt noch einige Nachtwächter, habe ich gedacht zu mir ist ein kleiner Hund zugelaufen, hat gewedelt und sich an meine Beine geschmiert. Dahinter ist eine Figur aufgetaucht, mit der Jacke und Kapuze am Kopf, ich war unsicher, ob das ein Mann oder eine Frau ist, nach genauer Betrachtung habe ich eine Frau festgestellt, sie hat zu mir genickt und sich neben mir unter dem Vordach hingestellt, wir haben uns begrüßt und sind schweigsam nebeneinander gestanden.

„Können Sie auch nicht schlafen oder musste Hund dringen raus, was führt Sie hierher?", fragte ich.

„Das ist die Stille im Morgengrauen da kann man die Dinge wahrnehmen, die sonst verborgen sind, aber nur um diese Zeit."

Die Stimme kommt mir bekannt vor, das Gesicht, als wenn du gerade vor mir stehst.

Auf einmal spricht die Frau in einer Sprache, die ich überhaupt nicht kenne, nicht zuordnen kann, aber Klang der Sprache ist angenehm, ich fühle mich wohl. Nach einiger Zeit hat sie aufgehört zu erzählen und wir sind da schweigend gestanden, nur der Regen hat auf dem Vordach getanzt.

„Lass ihn in Ruhe!" habe ich eine unbekannte Stimme gehört.

„Ich muss weiter" hat sie gesagt, „der Hund ist schon davongelaufen."

„Bis zum nächsten Mal" habe ich gesagt.

„Man sieht sich mindestens zweimal im Leben."

„Oder im nächsten Leben" höre ich meine eigene Stimme und kann nicht glauben, dass ich so etwas gesagt habe. Ich habe mich umgedreht und bin zurück zum Hotel gegangen, gerade wollte ich die Zimmertür Aufsperren und bin wach geworden, im Bett, du hast deine Hand auf meinen Bauch hingelegt, das war ein Traum, noch einige Zeit war ich munter habe über meine nächtliche Begegnung im Traum nachgedacht, dann bin ich in den Schlaf gefallen.

Beim üppigen Frühstück habe ich dir über meinen Traum erzählt.

„Du hast Glück gehabt, die Frau hätte dich körperlich und energetisch vernascht, von dir wäre keine Spur mehr übrig."

„Wirklich?", ich glaube, du hast entsetzen in meinem Gesicht gesehen.

„Wirklich, aber keine Angst, ich habe dich beschützt."

„War es deine Stimme?"

„Nein, das war männliche Stimme, von einem anderen Wesen, der hat dich auch beschützt, der ist von gleicher Art wie die Frau."

„Wer waren diese Wesenheiten? Die Frau war ganz angenehm, sie hat mich an dich erinnert."

„Der oder die Wesen können jede beliebige Form annehmen, du darfst nicht mehr wissen als du vertragen kannst, hat jemand in den Traum deinen Namen gerufen?"

„Ja."

„Und du hast geantwortet?"

„Ja"

„Tue es niemals im Traum oder in der Nacht, wenn du niemand draußen siehst."

„Wieso ich?"

„Sie war nicht hinter dir her, sie hat dich zufällig im Raum begegnet, du hast noch unerfüllte Träume."

„Welche Träume?"

„Weiß nicht, will nicht so tief in dir graben, egal was es ist, werden wir gemeinsam heilen", hast du gelacht.

Nach dem Frühstück schlendern wir noch Zeitlang durch die Gassen von Villach, ich zeige dir die Stelle, wo ich die Frau getroffen habe. Nach dem Mittagessen entspannen wir, bevor es weiter geht.

Am Abend gehen wir zum Bahnhof, auf der Brücke höre ich einmal, wie du sagst:

„Hör auf zu träumen"

Ich begreife das ich stehengeblieben bin mit dem Blick auf den Fluss und auf die Lichter, die auf der Oberfläche spiegeln, gerichtet.

„Du hast Züge zum Lenken, und zwar auf der Erde." lachst du. Mit einem seufzen setzte ich meinen Weg fort.

Auf die Lok angekommen, bereite ich alles vor, Arbeit ist eine Routine, aber du sagst trotzdem:

„Achte auf die Signale." du siehst immer unsichtbare Gefahren.

Der Zug quietscht und schnauft auf den Tauern hinauf, du blickst auf die Lichter im Mölltal, ich blicke auf dich und auf die Strecke. Ab Böckstein fahren wir bergab, von Bad Gastein sehen wir Lichter auf der anderen Seite, die Strecke ist anspruchsvoll und wunderschön tagsüber anzusehen, in der Nacht sieht man nur die Lichter im Tal. Kurz vor Schwarzach, gibst du mir ein Abschiedskuss und verschwindest auf geheimnisvolle Weise, gleich kommt mein Ablöser.

Macht nichts, wenn ich als Fahrgast im Zug nach Graz sitze, werde ich wieder die Feder schwingen, mein Zettelwerk in Bewegung setzen und zu dir senden, gleich sehen wir uns und spüren wieder.

Salzburg

Es ist einige Zeit vergangen, ich habe viel zu tun gehabt, ab und zu habe an dich gedacht, gemeldet habe ich mich nicht. Du siehst alles, vielleicht solltest du dich um jemand anderen kümmern, der pflegeleicht ist, ich hinterfrage alles, manchmal verstehe ich mich selbst nicht, ein anderes Mal bin ich wie ein Stein, unbeweglich, man weiß nie was im Inneren passiert.

Vielleicht fällt ein Bruchteil von einer Sternschnuppe auf mich herunter und ich werde weise. Verstecke dich nicht, ich habe zwei oder drei lange Tage vor mir, begleite mich auf der Reise.

Zwei Geschichten haben jeweils eine Form angenommen und auf dem Ufer des Flusses zu erzählen begonnen, wie zwei Frauen auf dem Weg vom Markt nach Hause, ein Konstrukt gebaut, Wabe für Wabe, Schicht für Schicht, ich bin vorbeigegangen, einige Fragmente mitgenommen, wollte einsteigen, meine Geschichte erzählen, habe leider die Spielregeln nicht beachtet.

Die Stunden sind vergangen, Inkarnationen, mehr als die Blätter in der Baumkrone, ich klebe immer noch da, wenn ich merke, dass ich auf dem blanken Mist liege, sprießen die Geschichten ein bisschen Honig dazwischen, ich koste es und bleibe da, ein wenig noch, dann wieder Mist, Honig, das Spiel wiederholt sich endlos, ich bin alt und müde, lass mich hier raus, lass mich hier raus.

Ich merke dich, am anderen Ufer der Salzach, du winkst und deutest, ich soll rüberkommen.

Bei dir angekommen, umarmst du mich und streichelst meine Arme, ich setze mich zu dir, kann mich nicht sattsehen, manchmal strahlt aus dir eine Macht, ich spüre es direkt, dass ich augenblicklich denke du saugst mich in eine andere Geschichte ein und spuckst mich nirgendwo aus. Manchmal wäre es mir lieber.

Stattdessen zieht mich dieses Leben in alle Richtungen an, wie Kaugummi, dehnt sich, bricht ab und wickelt sich um die Grenzen meines Verstandes, wozu das Ganze, wenn ich friedlich, liebevoll, bei dir die Wahrheit erblicken und berühren könnte?

Du hast eine Kühltasche dabei, mit Melonen, Marillen, Trauben und verwöhnst mich. Ich liege in deinem Schoß, deine Hand auf meinem Kopf in der Nähe spielt jemand Gitarre und singt. Wer sollte mir jetzt das Paradies anbieten, wie viele Geburten in der Hölle beschert mir dieser Augenblick, ich kann es, ich will es nicht ändern, mein Herz dehnt sich durch ganzen Körper, der zu platzen droht, Freude und Ekstase, wechseln sich ab, Tränen kann ich nicht mehr aufhalten, du beruhigst mich mit der Hand an meiner Stirn und küsst meine Augen trocken, ich schlafe ganz entspannt ein

Im Traum laufen wir, schweben, über die Blumenfelder, ich fühle die Leichtigkeit in mir, Reinheit, Liebe, meine Abhängigkeit und Sehnsucht ändern sich in eine Fülle, die mich in grenzenlose Menge an Lichtpartikel, die dich umkreisen, verwandelt, es kann mich nicht mehr von dir trennen.

Ich wache auf, es ist Abend, ich liege auf der Bank, meine Jacke unter dem Kopf, schau um mich herum und will es nicht wahrhaben, Schmerzen überall in dieser Materie, die sich Körper nennt, keiner spielt mehr Musik, wenige Menschen sind unterwegs.

Es ist nur ein Weg im Moment möglich, der Weg zurück ins Hotel.

Von allen Zuständen,
Die sich,
Durch meinen Geist,
Wechseln,
Schwierigste ist,
Die Illusion,
Deines Verschwindens.
Dann übernehmen,
Die Wesenheiten,
Meinen Willen,
Werfen mich,
Von einem Ufer,
Meines Verstandes,
Zum anderen,
Und zerschmettern,
Mich,
Bis zum Punkt,
Körperlicher Schmerzen,
An scharfen Klippen,
Meines Mistrauens.
Worauf erscheinst du,
Löschst alles aus,
Glättest,
Meine Beulen,
Trägst,
Eine Schicht,
Zärtlichkeit,
Auf meine Trümmer,
Lässt die Liebe,

Sprießen,
Und Vertrauen,
Wachsen,
Dass du immer,
Da bist.

Im Hotel angekommen suche ich meine Schmierbotschaften, die ich im Koffer versteckt habe, wenn mir die Inspiration fehlt, welche Nachricht ich dir schreiben soll, lese ich einfach, es funktioniert, wir sind sofort beieinander, es gibt keine Bilder vor den Augen, wir sind die Bilder, Ereignisse, Geschichten entwickeln sich von selbst.

Ich habe einige Male probiert dich mit deinen Namen zu rufen, es klappt nicht, du sagst, weil ich zu faul bin zu schreiben, es wäre alles viel zu einfach, die geschriebenen Wörter haben eine Magie, die uns miteinander verbinden kann. Ich hätte schon tonnenweise Schriften, die ich nicht geschrieben habe, verwende nur kurze Notizen, um dich zu mir zu holen, dann ist schreiben nicht mehr wichtig. Wieso sitze ich da und schreibe meine Erlebnisse? Heißt es, dass ich dich verloren habe?

Das wird sich vermutlich später herausstellen.

Manchmal fallen die Worte wie Regen auf mich und ich fange nur Bruchstücke auf, also erschaffe ich etwas Poesie, da kann ich dich besser rufen, besser erleben.

Bilder im Raum verändern ihre Formen und Schattierungen, Konstruktionen entstehen um im nächsten Moment umgewandelt oder gelöscht zu werden.

Die Landschaften, die geschaffen werden, tragen deine Gesichter überall, du bist in Allem, ich bin in dir, du bist in meinem Wesen und strahlst deine Fröhlichkeit aus, dein Licht trägt sich wie Musik auf mich über, ich trete in dieses süße Gefängnis ein und wünsche mir nie herauszukommen. Was ich, was wir erleben, könnte ein Zufall sein es mag alles bestimmte Führung, Bedeutung haben, das weiß ich keinesfalls, Bilder, Ereignisse, unsere Rolle können eine eigene Dynamik entwickeln, eventuell hängt es von unserer Stimmung, unserer Kraft etwas im Augenblick zu erfassen, verarbeiten, zu erleben, wir erleben uns beiden, uns selbst tief miteinander verwurzelt, verbunden, so ein Gefühl, kann man nicht in Worten beschreiben, nur physisch und seelisch begreifen ab.

In dieser Realität kann so etwas eigentlich nicht funktionieren, eine magische Verbindung, Vereinigung, eine Schwingung die uns Ton für Ton zerlegt, zersetzt, uns in unzählige Lichtpartikeln, zerstreut in alle Richtungen des Raumes, fügt uns wieder zusammen, es entsteht eine ungeheure Kraft an Empfinden von Gefühlen, die mit einem Vulkan zu vergleichen ist, so ein Zustand, es ist eine unbeschreibliche Gewalt die aus Energie, Gefühlen, die ein menschlicher Körper und Gehirn in normalen Zustand nicht verarbeiten kann, in einem Bruchteil der Sekunde wäre alles vorbei.

Ich spreche hier nicht von Körper reiben, um einen Orgasmus zu erleben, unsere Erlebnisse, Empfindungen, Leidenschaften dauern stundenlang, alle Gegenstände, Lebewesen ganze Umgebungen verschwindet, verändern sich, um nicht vernichtet zu werden, es entsteht ein eigener Raum, der nicht nach außen durchdringen kann, wo wir geschützt sind, alles außerhalb von uns steht auch unter Schutz, wird von unseren Energien geschützt, es kann niemand und nichts davon wahrnehmen.

So wie sie beginnen, so enden diese realen Erfahrungen, langsam bis wir unsere Körper, unsere Gesichter erblicken unsere alte Umgebung erfassen, mit Streicheleinheiten, Küssen und liebevollen Blicken, es dauert einige Zeit, bis ich aufstehen kann. Du tust dich da leichter, nach dem Abschied von dir muss ich einige Zeit liegen bleiben, es ist mir leicht schwindlig, nicht weil ich schwach bin, eher dass ich die Rückkehr in die alte Umgebung schwer verkraften kann.

Ich habe dich einmal gefragt, ob wir diese Energie verwenden können, um etwas anderes zu tun und zu erschaffen.

Du hast gesagt, es ist besser so etwas nicht zu machen, in unsere Realität wird viel Magie betrieben, um diese Illusion am Leben zu erhalten, zum Schluss ist alles zum Scheitern verurteilt, diejenigen die es tun, können bis zur niedrigsten Form zurückfallen, es gibt nur eine, absolute Macht in unseren, in allen Universen.

Ich wollte wissen, was für ein Zweck hat unser gemeinsames Leben, unsere Erlebnisse, unsere Reisen, wieso erleben wir solche Eruptionen von Glück?

Du hast gesagt, dass wir den Zweck gemeinsam begreifen werden, wir sollen zum Ursprung zur Quelle zurück und nie wieder in die Materie zurückkehren, so ein absolutes Glück, so eine Liebe gibt es nur auf dem Platz, woher wir alle kommen, unsere Treffen, unsere gemeinsamen Erfahrungen sollen uns Rückkehr schmackhaft machen, es sind Fragmente, winzige Bruchteile von der unermesslichen Liebe die wir ineinander, in der Materie vergeblich suchen. Es geschieht mit uns aus bestimmtem Grund und Reihenfolge, vermutlich, Verdienste aus früheren Inkarnationen.

Passau

Gestern bin ich kurz an der Donau gestanden, habe an dich gedacht, das Wetter ist nach dem Schnee und kurz vor dem nächsten Schnee. Heute bin ich früher aufgestanden, um mit einem Kollegen gemeinsam nach Graz zu fahren, Gedanken auszutauschen.

Nur, der Kollege war schon gestern weg, hat von meinen Absichten nichts gewusst, jetzt stehe allein da, an der Donau in der Nähe vom Hauptbahnhof, habe ein schlechtes Gewissen, der Rucksack ist zu schwer, um zu dir zu gehen, um Mitternacht habe gar nicht an dich gedacht, wollte nach Hause fahren. Jetzt kann ich nur winken, keinen Kaffee, keine Mehlspeise, kein Lächeln von dir.

Ich lasse den Rucksack im Schließfach und stapfe im Schnee zum Bergfried hinauf, da stehen alte Obstbäume unter der Schneelast, am Waldrand liegen gefallene Bäume, wie Skulpturen mit den Schneeornamenten geschmückt, still ist es da, von der Stadt hört man nicht viel.

Von dir weiß ich nicht viel, dein Vorleben, deine Vorlieben, nur dass du wunderschön singen kannst, du erzählst auch wenig, ich frage noch weniger, habe Angst, dass der Zauber sich verabschiedet, wir reden hauptsächlich von mir, von meinen Erlebnissen.

Letztes Mal hast du für mich etwas gesungen, eine Operette oder ähnliches, du hast mir Bilder, Protagonisten, die Geschichte vorgespielt, ich hatte ein Gefühl, das singst nicht du, das ist deine Seele, so tief ist eine Schwingung aus deinem Körper heraus vibriert. Was auch immer es war, es hat göttlich geklungen, unbekannte Sprache, unbekannte Melodie, meine Beine sind schwach geworden, eine Schlingpflanze aus ungezähmten, versteckten Emotionen, hat mich vom Boden gehoben, im Raum mit mir gewirbelt, über die Bewusstseinsgrenze, wo ich sanft von der Melodie, in einem Farbenmeer getragen worden bin, in deinem Gewahrsam stillgelegt, in eine aussichtslose, ekstatische Hingabe, gefangen.

Halte an,
Und beweg dich,
Nicht,
Ich möchte,
Meine Anwesenheit,
In deinen Schatten,
Verbergen.
Bleib stehen,
Ich möchte,
In deiner Nähe,
Ein wenig,
Sitzen,
Dass mich niemand,
Entdeckt.
Drehe dich,
Nicht um,
Ich gehe langsam,
Bei dir vorbei,
Ohne,
Stehenzubleiben.
Zeige,
Deine Absichten,
Weder mir,
Noch die anderen,
Und führe mich,
Heimlich
In deinen Vorgarten,
Der Liebe.

Nimm mich,
In deine Arme,
Wie eine,
Kletterpflanze,
Ihren Baum.
Zersetze mich,
In deiner Substanz,
Und lass mich,
Alles vergessen,
Ich möchte,
Nur in dir,
Existieren.

Am Bahnhof angekommen, nehme meine Sachen aus dem Schließfach und überlege, ob ich etwas zu essen kaufen soll, bevor der Zug kommt. Plötzlich, wie wenn du neben mir stehst, höre ich deine bezaubernde Stimme aus Tiefe der Seele, ich fühle endlose Zuneigung zu dir, nehme meinen Rucksack, der Trolley scheppert hinterher und bewege mich langsam zu deinem Haus, neugierig wie du mich empfangen willst, bist du überhaupt zu Hause? Wenn nicht, ich kann einen späteren Zug nehmen. Heute wollte ich keine Zettel schreiben, will dich überraschen, falls es möglich ist, gehe ich in den Hof rein, das Haustor ist offen, ich gehe gleich hinauf, ohne zu warten, vor der Tür ist es still, in der Wohnung ist es still, ich warte eine Weile, bevor Schritte zu hören sind. Du machst die Tür auf und fragst:

„Ist etwas passiert, ich habe dich heute nicht erwartet?"

„Es ist passiert, dass ich dich vermisse"

„Wie sehr vermisst du mich?", lachst du, ich lasse Trolley und Rucksack fallen, hebe dich mit den Armen auf und trage dich bis zur Küche.

„Na, wenn du mich so viel vermisst, bekommst vielleicht etwas zu Essen", sagst du und drückst mir einen Kuss auf die Wange.

Ich erzähle dir wie alles gelaufen ist, du hast schon gestern Abend gewusst, dass ich heute kommen werde.

„Wieso hast du mir nichts gesagt?"

„Du brauchst eh Bewegung, jetzt hast du bestimmt Hunger, war es nicht so schön verschneit am Berg?"

„Nichts ist so schön wie deine Anwesenheit."

„Dann bleibe einfach bei mir."

„Ja, bis morgen, ich kann morgen Nachmittag abreisen."

„Du kannst dauernd bleiben, das weißt du schon, ich kann mit dir kommen, wir können an einem beliebigen Ort leben."

„Du weißt, dass es im Moment nicht geht, ich bin ein bisschen verrückt, wenn ich dich vermisse, liebe ich dich abgöttisch, außerdem ohne dich und den Schmerzen der Trennung, kann ich nicht schreiben, ich möchte noch einige Geschichten aufschreiben, mein ganzes Leben wollte ich es tun, jetzt habe die Möglichkeit."

„Und ich möchte mit dir zusammen sein, ich wollte es eine ganze Ewigkeit lang, nur habe dich nicht gekannt, jetzt habe die Möglichkeit."

„Wieso bist du nicht früher gekommen, warum haben wir uns nicht früher kennengelernt?"

„Du warst zu jung, hattest noch viel vor, was soll ich mit einem jungen Mann anfangen?"

„Bist du älter als ich, wie viel älter?"

„Um einiges, ich kann dir nicht sagen, sonst erschreckst du."

„Aber du schaust jünger aus als ich."

„Im Vergleich zu deinem Leben, ist meine Lebensspanne viel länger als deine, deswegen kannst du keinen Unterschied merken."

Mir kommt ein Gedanke, plötzlich spüre ich Angst, es wird mir schwindelig, bevor ich bewusstlos werde, nimmst du meine Hand in deiner und hältst sie fest.

Ich frage:

„Bist du die letzte, die ich mit meinen Augen sehen werde?"

Du verzauberst mich erneut mit deinem Lächeln, mir kommt wieder Farbe ins Gesicht, es wird warm, vor einige Sekunden, hat mich die seltsame Kälte fast in die Ohnmacht geworfen.

„Wir zwei sind Letzten, die sich gegenseitig in die Augen schauen werden, keine Angst das, was du denkst, gibt es nicht, dass bin ich nicht, wenn die Zeit in dieser Realität abgelaufen ist, werden wir zwei, mit unserem Körper gemeinsam abreisen, schmerzfrei, angstfrei, frei."

„Jetzt verstehe ich, wieso ich ständig von dir weglaufen will, aber im nächsten Augenblick, vermisse ich dich unheimlich. Aber du hast in diesem Ort, in diesem Körper ein Leben, wie nehmen dich die Menschen wahr?"

„Ganz normal wie dich auch, zwischen uns zwei gibt's nur einen Unterschied, ich kann mich erinnern, ich weiß, wer ich bin."

„Wieso hast du mich ausgesucht, es gibt so viele Männer die schöner, besser sind als ich?"

„Du warst einmal ein Teil von mir, wie ich von dir, gemeinsam sind wir ein Teilchen des Ganzen, das viel größer ist als wir uns vorstellen können, wir sind zugleich Licht und Schatten, Geist und Materie."

„Wozu dann das ganze Schauspiel, Eruptionen von Gefühlen, Schmerzen der Liebe, Trennung, du kannst alles meistern, wozu brauchst du mich?"

„Um zu fühlen, zu lernen, gleich wie du, niemand von uns ist perfekt, du hast mehr Aufgaben, mehr Rollen als ich gehabt, ich brauche weniger Lernstoff als du, aber ich brauche dich trotzdem, das können wir nur gemeinsam bewältigen."

„Aber sage mir bitte nicht, wer du wirklich bist, bis ich bereit bin."

„Keine Sorge, ich bin Tilottama und liebe dich Dehe Asmin von den Zehenspitzen bis zum Kopf und darüber hinaus."

Du gehst von Worten zu Taten, küsst mich und kitzelst, dass ich mich von lauter Lachen nicht verteidigen kann, ich erlebe dich nicht mehr als geheimnisvolles Wesen, ich sehe dich und fühle wie eine zarte Frau, wollte immer so eine Zärtlichkeit und Schönheit auf meinen Händen tragen, meine Wünsche sind in Erfüllung gegangen, dabei hast du so viel Kraft, dass du das ganze Universum dreimal umdrehen kannst, unglaublich.

Wir essen in Ruhe, natürlich zuerst Mantra sprechen und fürs Essen sich bedanken.

Danach beschließen wir den ganzen Nachmittag und Abend in der Wohnung zu bleiben, ich bin genug im Schnee gelaufen. Du liest mir Geschichten aus Mahabharata vor, wie der Arjuna Draupadi entführt hat, ich begreife immer noch nicht wie Draupadi fünf Prinzen heiraten konnte, alles muss ich nicht begreifen, damals waren andere Zeiten, heutzutage sind die Zeiten viel verrückter. Du erzählst eine andere Liebesgeschichte, die ich nie gehört habe, ich freue mich wahnsinnig, dass ich ganzen Nachmittag, Abend, Morgen in deine Nähe verbringen kann und schmiere und schnurre wie ein Hauskater in deinen Armen.

Bischofshofen

Wenn ich da bin, ist das Hotel mein zu Hause, wie überall landesweit und über die Grenzen hinaus. Die Menschen sind freundlich, alle grüßen und sprechen dich an.

Ab und zu gehe ich zum Barbierladen, obwohl es nicht viel zum Schneiden gibt, für zweimal waschen ohne Shampoo.

Lässt es die Zeit zu, gehe ich spazieren, zur Schanze oder in die Gegend. Gestern wollte ich schwimmen gehen, habe es für heute aufgehoben, heute regnet es und am Nachmittag muss ich wieder auf die Schiene.

Statt schwimmen, wollte ich dir etwas schreiben, mit dir reden, du meldest dich wieder nicht, ich weiß habe mich länger nicht um dich gekümmert, es ist einiges passiert, eigentlich nichts neues, die Lage hat sich etwas verschlechtert, ich weiß, es liegt an mir, zu lange habe ich gewartet.

Ich habe dir ein Gedicht geschrieben, nur ein jämmerliches Gedicht für zwei Tage, aber ich habe eine Sucht nach deinem Wesen entwickelt, die immer wieder kommt und verschwindet. Jetzt schaue ich alle paar Minuten auf Satansfone, warte auf ein Zeichen, umsonst, du bist nicht auf irgendeine App.

Du bist nicht im Bad, nicht im Kleiderschrank, hinter dem Vorhang auch nicht, im Buch auch nicht, obwohl du manchmal rausspringst.

Ich kann dich heute nicht wahrnehmen, es bleibt nur weiter zu warten, vielleicht bis morgen, ich kann mir nicht helfen, von lauter nervös kann ich nicht schlafen, essen, sehne mich nach deinem Worte, deine Umarmung, komm, setz dich auf die Bettkante neben mir. Es knistert im Bad, bist du da?

Nichts ist zu sehen, zu fühlen, dieses Zimmer ist menschenleer, ich muss los, der Zug kommt bald, ich bin nicht enttäuscht, erbarme dich, will dich lachen sehen, deine Hand auf meiner Brust.

Ich ziehe letzten Tropfen der Erinnerung aus dem tiefen Glas der Seele, fange sie auf, laufe im Kreis, schreie, falle fast in Ohnmacht, stehe auf, falle wieder. Es donnert draußen, das Fenster geht auf, das Licht ist aus, die Tür geht auf, die Rezeptionistin steht vorne.

„Können sie mir sagen, wie lange ihr Aufenthalt hier noch dauern wird."

Alles, was bisher passiert ist, verschwindet, der Zauber ist weg, ich lese nochmals das Gedicht und gehe zum Bahnhof.

Statt einen Blick,
Auf den,
Bergrücken,
Ich hätte lieber,
Meine Hand,
Auf deinen Rücken.
Deine,
Heiße Leidenschaft,
Hat sich,
In einen,
Rauen,
Kalten Stein,
Verwandelt.
Geblendet,
Und heißersehnt,
Nach der Materie,
In deinem Körper,
Und Geist,
Am Rande,
Des Verstehens,
Bin kopflos,
In einer Falle,
Gestürzt,
Einmal,
Süß geleckt.
Jetzt sitze ich,
Auf dem Steinmeer,
Allein,
Und versuche,

Meine Begrifflichkeit,
Über die Lage,
In der Vergangenheit,
Und Zukunft,
Zu begraben.
Und mich selbst,
In hier,
Und jetzt,
Wunschlos,
Im Moment,
Zu versteinern.

Am Bahnhof ist viel los, das Wochenende naht, ich warte am letzten Bahnsteig, dass ich den Kollegen ablösen kann, der Zug kommt aus Wolfurt, ist ziemlich pünktlich, wenn ich weiß, wann er abgefahren ist, kann ich fast genau sagen, wann er eintreffen wird. Nächste Woche fahre ich von hier nach Wolfurt und am nächsten Tag zurück, ich hoffe, dass du mich auf den langen Reisen begleitest, heute hat es nicht geklappt.

Das Wetter ist komisch, bewölkt, es regnet nicht, starker Wind weht durch die Gegend, ich muss meine Kappe festhalten, der Zug ist da, ein fliegender Wechsel, der Kollege rennt zum Schnellzug nach Graz, er wird schneller als ich da sein. Ich warte noch ca. eine halbe Stunde bevor die Ausfahrt frei steht, meine zwei Fohlen, eigentlich zwei Oldtimer Lokomotiven quietschen und schnaufen, gleich nach dem Bahnhof ist eine Steigung, ich muss an Geschwindigkeit gewinnen, der Zug ist leer, die Schiene trocken, deswegen läuft alles wie geplant. Vor Hüttau steht die Einfahrt in die Ablenkung, nichts außergewöhnliches, wahrscheinlich Zugkreuzung abwarten, Gegenzug von Graz, dann geht es weiter.

Nach einer viertel Stunde bekomme ich einen Anruf vom Fahrdienstleiter, wegen Sturm im Ennstal, liegen die Bäume in der Fahrleitung, die Strecke ist unterbrochen, es wird ungefähr zwei Stunden dauern bis ich weiterfahren kann, macht nichts, denke ich, jetzt könnte ich meine Stunden und die Rechnungen für diesen Monat kontrollieren, etwas essen, die Zeit vergeht schnell, ich kann dir etwas schreiben.

Zwei Stunden sind um, ich rufe den Fahrdienstleiter an, er meint, es dauert noch eine Stunde.

Das klingt nicht gut, denke ich und schreibe dir eine Nachricht auf dem Befehl;

„Bitte komm her, egal wo du bist!"

Ich überlege, ob und wann du auftauchen kannst, da meldet sich der Fahrdienstleiter, heute geht es nicht mehr weiter, erst morgen Vormittag, ich werde den Zug hier abstellen und zurück ins Hotel fahren, Zimmer ist schon reserviert worden, es gibt ein Problem allerdings, im Bahnhof ist ein Gefälle von siebzehn Promille, ich habe nicht so viele Sicherungsmittel am Zug und im Bahnhof, ich werde auf der Lok bleiben. Ich rufe den Kollegen an, der schon früher vorausgefahren ist, er steht eine Stunde weiter vor mir, hat kein Taxi bekommen, bleibt auch auf der Lok schlafen, der Kollege, den ich abgelöst habe, ist mit dem Schienenersatzverkehr nach Hause gefahren.

Es klopft an der Tür, ich mache Fenster auf und kann es nicht glauben, du stehst neben der Lok, mit deinem breiten Lächeln, mein Herz wird breiter als die Inn Mündung in Passau, nicht nur das, du hast eine Warnweste angezogen, ich habe dich noch nie mit der Warnweste gesehen, also du bist jetzt sichtbar aufgetaucht.

„Was gibt es?", lachst du und ziehst Warnweste aus.

„Wie wenn du es nicht weißt", antworte ich, „Ich habe dich heute vergeblich gesucht."

„Ich habe gewusst was passiert, deswegen bin erst jetzt aufgetaucht, oder wärst du lieber jetzt allein?"

„Kannst du uns nicht ins Hotel verfrachten?"

„Wieso? Du hast hier zwei Sessel und eine Liege, ich habe noch nie eine ganze Nacht mit dir auf der Lok verbracht, es könnte romantisch werden."

Ich schaue dich im ersten Moment verwirrt an, dann bekommen wir beide einen Lachanfall. Wir machen es uns gemütlich, Licht aus, Heizung ein, du setzt dich auf die Liege, ich lege mich hin mit dem Kopf in deinen Schoss, schon wieder, das ist meine Lieblingslage, wenn ich bei dir bin, du küsst mich leicht, streichelst meinen Kopf und beginnst zu singen, mit deiner zauberhaften Stimme in der Sprache, die ich nicht verstehe. Wen kümmert es, dass die Strecke gesperrt ist, mich nicht, von mir aus könnte es bis in die Ewigkeit so bleiben. Du singst verschiedene, unbekannte Lieder, unbekannte Musik, unbekannte Sprache, nicht einmal du bist mir bekannt, ich kann dich nicht meine Geliebte nennen, mir und niemand in diesem Universum gehört etwas, aber ich kann dich als meine Liebe rufen. Die Stunden vergehen wie Minuten, wir kuscheln, du erzählst mir eine Liebesgeschichte von Aniruddha und Usha, Aniruddha war Krishnas Enkel, Usha war eine Prinzessin und Tochter von einem Dämonenkönig, sie hat Aniruddha mit der magischen Kraft in ihre Gemächer entführt.

So wie du mich mit deiner Stimme verzauberst und in mir unbekannte magische Welt entführst.

„Ich möchte Krishna sehen, kann ich einmal Krishna sehen?" ich wage es zu fragen.

„Das musst du Krishna selbst fragen, aber nicht in dieser Geschichte, oder willst du mitten im Kampf gegen Dämonenarmee auftauchen?"

„Besser nicht."

„Krishna offenbart sich nur seinen Devotees, bist du ein Devotee von Krishna?"

„Ein bisschen, ich bin eher ein Devotee von dir."

Irgendwann schlafe ich bei dir ein. Beim Tageslicht wache ich auf, es ist schon nach sieben Uhr, du schaust munter und hübsch aus, wie wenn du jetzt frisch geduscht aus dem Badezimmer gekommen wärst und nicht ganze Nacht auf der Lok durchgemacht hättest

Du ziehst die Warnweste an, ich frage erschrocken; „Gehst du schon wieder?"

„Ich komme gleich, in wenige Minuten."

Ca eine viertel Stunde später tauchst du auf mit dem Papiersackerl in der Hand, drinnen zwei Kaffee Latte und es riecht nach Schoko Croissant.

„Wo hast du es hergezaubert?"

„Das ist mein Geheimnis", lächelst du.

Natürlich hast du einige Küsse und Umarmungen verdient. Nach dem Frühstück besprechen wir noch Plan für die nächste Woche, du versprichst mit mir nach Bregenz zu fahren und bevor mein Ablöser und Auto nach Graz kommt, drücke dich an mich fest, wir verabschieden uns.

Bregenz

Was hat Bregenz, was ich nicht habe?

Bodensee, angeblich der spirituelle Nabel von Europa.

Ich sitze mit einem Freund von mir, Roy am Ufer, wir warten aufs Essen, Preise sind hier nicht spirituell, eher schwere Materie, wir konnten zwei Croissants auf der Bank kauen, was solls, der Ausblick ist kostenlos aber nicht umsonst. Wir genießen das schöne Wetter, den Sonnenuntergang, machen einige Fotos.

Ich habe selten die Gelegenheit, am Ufer des Bodensees zu sitzen, meistens komme ich spät am Abend an und in der Früh bin ich wieder unterwegs.

Am nächsten Tag in der Früh bin ich allein beim Spaziergang, Roy ist schon um vier Uhr früh abgefahren. Der Bodensee erinnert mich ein bisschen an Kroatien, das Licht, die Weite, das Einzige, was fehlt, ist Geruch des Meeres, so weit im Norden kann ich es nicht riechen, eher in der Steiermark.

Ich will kostenlose Seeluft inhalieren, einige Fotos schießen, bevor es zum Frühstück und dann wieder retour auf die Schiene geht, quer durch Österreich, Vorarlberg, Tirol, Salzburg bis Bischofshofen, dann weiter als Fahrgast nach Graz, schönes Wetter entschädigt für alle Mühen und Überraschungen auf der Strecke.

Die Sonne ist noch nicht aufgegangen, einige Sportler, Hundebesitzer und Spaziergänger sind unterwegs, alle sind freundlich ich habe das Gefühl, dass ich in der Nachbarschaft bin.

Einige Schwalben fliegen um meinen Kopf herum, es fällt mir das Lied La Golondrina ein, Mariachi, Los Caballeros.

Du bist gestern nicht mit mir gefahren, aber hast mir eine Nachricht geschickt, dass du heute kommen wirst, du hast auch etwas zu tun, mein Kumpel Roy ist mitgefahren, es war seine kurzfristige Entscheidung, deswegen habe ich dich versetzt.

Plötzlich sagt jemand freundlich:

„Guten Morgen", und nimmt mich unter den Arm, ich drehe mich um, das bist du, dein breites Lächeln, das Haar in zwei Zöpfe geflochten, dein Gesicht strahlt wie ein Vollmond, bei mir in der Brust fängt ein Feuer zu Brennen an, wie Agnihotra, bei Sonnenaufgang.

„Ich bin gekommen, um mit dir einige Schritte zu gehen, Selfies zu machen und gemeinsam auf der Terrasse zu frühstücken", sagst du und hältst mein Arm ganz fest, ich kann es eindeutig spüren, ich weiß nicht, ob dich jemand von den Passanten sehen kann, vielleicht glauben sie, ich führe Selbstgespräche und grinse blöd, jedenfalls alle grüßen freundlich, du bist für mich keine Illusion.

Beim Frühstück reden wir über belanglose Dinge, wieder kann ich mich an dir nicht satt sehen, Tränen rollen runter und fallen auf mein Frühstück, du wischst sie mit der Hand weg, küsst meine Augen, drückst mich auf deine Brust, deine Zöpfe bedecken mein Kopf, es hilft alles nichts, jetzt weine ich ein Meer heraus auf meine und deine Brust, so viel Feuchtigkeit habe ich gar nicht in mir, es muss direkt vom Himmel kommen, Tränen der Freude, dass ich wieder bei dir bin und Tränen der Sehnsucht, weil ich wieder los muss. Du beruhigst mich, heute fährst du mit.

Ich habe noch nie überlegt, wann der Zeitpunkt kommt, wo wir nebeneinandersitzen, ohne dass ich im nächsten Moment aufbrechen muss, bestimmt habe ich noch einiges zu erledigen, was ist so wichtig, bilde ich mir alles ein, dass ich Verpflichtungen habe oder etwas tun muss? Welchen Prozess durchlaufe ich?

Bist du meine Ablenkung, soll ich mich mit mir selbst beschäftigen und wieder fragen, wer bin ich und was ich tue, oder lenkt mich alles andere von dir ab?

Oder beides?

Es kommt mir vor, als wäre mein Leben ist ein Stück weißes Papier, ich muss alles nur aufschreiben, aber ich sitze da, ziehe Linien, kreuz und quer, die ich nicht lesen und deuten kann, die stehen in meiner Haut, bleiben hängen und ziehen mich in einem Wirrwarr von chaotischen Handlungen, meine Leichtigkeit droht zu ertrinken in der Zeit, die gnadenlos ist.

Du weißt alles, siehst alles, aber sagst nicht viel, du beobachtest mich und gibst mir diese kleinen und seltenen Augenblicke der Freude, die ich wie einen Nektar mit dem Strohhalm kosten darf.

Am Ende des Anfangs,
Sehe ich,
Deine Augen,
Die mich,
Am Bahnsteig,
Der vermissten,
Schicksale,
Anlächeln.
Ich weiß nicht,
Was ich,
Tun soll,
Und verpasse,
Dein Zug,
Und mein,
Und alle Züge,
Bis ich,
In einer,
Von Gefühlen,
Unbewohnten Nacht
Allein,
Gelassen werde.
Die Tage,
Jahreszeiten,
Und Jahre,
Vergehen,
Und ich,
Durch deinen Blick,
Erstarrt,
Schlage Wurzeln,

Am Bahnsteig,
Eines,
Sehnsüchtiges,
Lebens.
Der Wind soll,
kommen,
Wurzeln ausreisen,
Mich in Staub,
Verwandeln,
Und dorthin,
Tragen,
Wo dein Lächeln,
In der Zukunft,
Verschwand.
Und eine Spur,
Für meine Augen,
Hinterließ,
Die nach,
Deine Umarmung,
Durstet.

Wir fahren mit der S-Bahn bis Wolfurt, da wartet unser heutiges Fohlen, eine 183, zu dritt werden wir weiter über dem Arlberg, durch Tirol, Innsbruck, Brixen Tal, Salzachtal bis nach Bischofshofen reiten, da wartet mein Ablöser, du fährst heute bis Bischofshofen mit, gestern hat es nicht geklappt, da ist Roy mitgefahren, seine Streckenkenntnisse auffrischen, ich hätte dich gern im Zimmer gehabt, heute Nacht. Der Zug ist schon fertig, nach der Vorbereitung, Bremsprobe, haben wir uns am Führerstand eingenistet, Getränke und Jause vorbereitet, du hast extra die Maschine und mich erleuchtet, wir schnüren und knistern beide, Maschine und ich. Es geht los, zum Bodenpersonal und Fahrdienstleiter winken, mit dem Zugschluss über die Weichen, dann Hebel on the table, volle Pulle, die Strecke nach Wolfurt fahre ich seit vier Jahren, Krönung meine Lokführerkariere in Österreich, von Spielfeld, Hegyeshalom, Bratislava, Wien, Enns, Linz, Passau, Salzburg, Freilassing, Villach, Jesenice, Innsbruck bis nach Wolfurt.

Draußen ist es wunderschön, du machst statt meiner Wenigkeit, die Fotos und Videos, rechts von uns blicken wir noch auf die Berge in der Schweiz, ab Feldkirch schauen wir nur noch tief nach Österreich, von Bludenz klettern wir auf dem Arlberg hinauf, der Zug ist leer, es läuft alles wie am Schnürchen. Die Berge sind prächtig, du machst fleißig Fotos, wir unterhalten uns ein wenig, du wirst mich nicht von der Fahrt ablenken, deine Anwesenheit, lässt mich erblühen, unsere Blicke sind einmal rechts im Tal, dann wieder hoch auf die mit etwas Schnee bedeckten Gipfel gefesselt.

Wir fahren durch verlassene Bahnhöfe, letzte Zeugnisse von der vergangenen Zeit, Braz, Dalaas, Hintergasse, Wald am Arlberg, Langen am Arlberg ist noch als Personenbahnhof in Funktion, nur Gebäude sind im Stein gemeißelt, die Menschen, Fahrgäste, Schicksale,

Kinderfreude, Alltag, alles ist verstaubte Vergangenheit, ich bin ein bisschen wehmütig, ein Hauch von Nostalgie begleitet meine Gedanken.

Du siehst meine Sehnsucht.

„Na, du alter Romantiker, möchtest du wieder alles beleben?"

„Vielleicht, ich weiß nicht, was ich sagen soll, es schaut traurig aus."

„Möchtest du mit mir zusammen so einen Bahnhof beleben?"

„Wieso nur einen Bahnhof, warum nicht die ganze Strecke?" lache ich zurück.

„Viele von ihnen sind noch da, Fahrgäste, Bahnarbeiter, ihre Frauen, Kinder winken, wenn wir vorbeifahren, nur von dir und dieser Illusion versteckt, du kannst sie nicht erblicken, aber spüren, deswegen bist du wehmütig."

„Sind nicht alle ins Licht eingegangen, wie man sagt?"

„Die hängen noch an ihren Familien und ihrem Beruf, gleich wie du. In dem Moment, wo du es angesprochen hast, haben wir sie befreit." sagst du, singst irgendeine Mantra bis nach St. Anton, ich bin ganz still, traue mich nicht atmen, um Zauber nicht zu unterbrechen. Nachdem du still geworden bist, frage ich dich;

„Heißt es, dass ich Jahrhunderte durch Österreich auf der Lok geistern werde, bis mich jemand befreit?"

„Jawohl, außer ich bin bei dir, oder du bei mir, hafte nicht an dem Beruf, Kinder, Haustiere, es gehört dir nichts auf dieser Welt, nicht einmal dieser Körper."

Ich versinke wieder in die Gedanken, konzentriere mich auf Bremsen, jetzt geht es runter.

Nach St. Anton, rattern wir rhythmisch bergab nach Landeck, diesmal sind Blicke nach links hinauf und hinunter gerichtet und meinerseits auf die Strecke natürlich.

In Landeck fahren wir durch, der Railjet wartet schon das wir von der eingleisigen Strecke verschwinden, jetzt heißt es wieder Vollgas bis Innsbruck, das obere Inntal erinnert mich an das Mittelmeer, nach dem Ötztal sind wir in einer halben Stunde in Innsbruck, links neben Strecke sind Landwirte fleißig, am Radweg bleiben Radfahrer stehen, Kinder winken, ich pfeife und winke zurück.

Du hast zum Fotografieren aufgehört, von diesem Teil der Strecke kriegen wir Fotos von den Fotografen, die uns unterwegs erblicken. Jetzt sind deine Hände auf meiner Brust, du stehst hinter meinem Sitz, singst leise und gibts mir ab und zu einen Kuss. Wenn du bei mir bist, habe ich nichts dagegen, wenn ich Billionen von Jahren auf der Eisenbahn geistern muss, eine fliegende Eisenbahn, beflügelte Lok, drinnen Tilottama und Dehe Asmin, sie schweben durch die Universen.

In Innsbruck bleiben wir kurz am Güterbahnhof stehen, ich bekomme einen Befehl, dann gehts gleich weiter, nach Hall unterirdisch, ETCS-Strecke, mir wäre die Altbaustrecke lieber, die Aussicht ist besser, am Knoten Stans geht es kurz hinaus, Licht schnappen, dann wieder wie ein U-Boot bis Knoten Radfeld, Wörgl ist schon in Sicht.

Vorletzte Nacht haben Roy und ich in einem Hotel oberhalb von Wörgl übernachtet, ein atemberaubender Ausblick über Wörgl und das Unterrinntal. Was mich noch in Wörgl fasziniert hat, ist ein Bauernhof, mitten im Ort, zuerst riecht es nach Kuhmist, dann steht da ein Bauernhof mit Laden, wenn ich nochmal in Wörgl bin, gehe dorthin meine Jause kaufen.

Ab Wörgl hinauf in das Brixen Tal, das an Schönheit schwer zu beschreiben ist, im Winter und im Sommer gleich, jetzt tuckern wir langsam hinter einer S-Bahn an Kirchberg, Kitzbühel, St. Johann bis Hochfilzen, dahinter beginnt Salzburg. Die Landschaft ist wunderschön, dass du dabei bist, vergrößert das Erlebnis um in das Unermessliche

In Kirchberg ist viel los, eine holländische Kolonie in Tirol, Kitzbühel dagegen ganz anders, ich war einmal kurz in Kitzbühel, Stillstand, wenig los, schwache Beleuchtung, wenn kein Skirennen da ist, nur einige einheimische sind unterwegs, in Kirchberg das Gegenteil, viele Touristen, beleuchtet wie zu Weihnachten, überall wird gefeiert.

Nach Hochfilzen sind wir schon in Salzburg, jetzt gehts runter nach Saalfelden, von da noch eine Stunde bis Schwarzach St. Veit. Davor ist noch ein toller Ausblick zum Großglockner, an Zell am See vorbei, viele Touristen spazieren am Ufer entlang. Abschied vom Großglockner, du machst noch einige schnelle Fotos und wir glühen in die Schluchten vom oberen Salzachtal, da ist die Geschwindigkeit etwas gemütlicher aufgrund der Beschaffenheit der Strecke.

In Schwarzach fahren wir durch, ich habe noch keinen Plan für die nächste Woche, werde mich noch am Abend bei dir melden. Du stehst jetzt neben wir und hältst mich fest, um mir die Trennung zu erleichtern, meinen zittrigen Körper zu beruhigen.

„Schau auf die Signale, es ist alles gut, es gibt keine Trennung, keine Sekunde, du bist niemals allein. Versuche im Zug etwas zu schlafen, die Fahrt war lang und anstrengend, schau, dass du für mich auch einen Platz erwischt, ich werde neben dir sitzen, du wirst mich diesmal nicht sehen, aber mein Atem und meine Hand fühlen."

Du verschwindest, bevor mein Ablöser auf der Lok ist, begleitest mich zum Schnellzug nach Graz, am Bahnsteig küsst du mich auf die Wange, legst deine Hand auf mein Herz und auf die Stirn, ich winke dir zurück durch die geschlossene Tür.

La Golondrina que de aquí se va?

Enns

Laut historischem Dokument gilt Enns als die älteste Stadt Österreichs, doch ihre Wurzeln reichen weit zurück, bis in die Zeiten der Römer, Kelten und vielleicht sogar noch davor.

In Enns bin ich wie überall, auf der Durchreise, Tagesruhe oder Nachtruhe, da kenne ich Hotelbesitzer, Kellner, einige Taxifahrer, Bäcker.

Der Bäcker ist ein ehemaliger Landsmann von mir und hat Leckereien wie Börek mit Kartoffel, Salzstangerl für mich, ich freue mich immer, wenn ich ihn sehe.

Eigentlich will ich nicht die Geschichte neu erfinden, bin auch nicht hier auf Menschensuche, ich versuche einfach diesen Körper am Leben zu erhalten und zu begreifen, wer ich bin, was ich hier mache

Tagsüber ist es schwer einzuschlafen, es ist hell, Geräusche von außen kann ich nicht absorbieren und in das Nirgendwo schicken.

Ich kämpfe jedes Mal damit, zwinge mich richtig dazu, Mitternacht ist schnell da, dann wartet das Taxi schon.

Ich muss mich aber nicht zwingen an dich zu denken, irgendwann fallen die Augen zu, ich träume von den Göttern und Dämonen, meinen Katzen, zweimal habe ich im Traum Yamaraja gerufen, ich weiß nicht, ob das ein gutes Zeichen ist, wenn ich vor ihm stehe, dann wird mein Fehlerspeicher ausgelesen, da habe ich keine Chance mehr. Bis es so weit ist, kann ich sozusagen genießen, wenn man dieses Leben so nennen darf, der Sinnesbefriedigung nachgehen, Zug fahren.

Es ist so weit, der Alarm geht los, ich stehe auf, nehme meinen Rucksack und Trolley und gehe aus dem Hotel raus.

Ich bin wieder irgendwo, es ist Nacht, der Mond ist nicht ganz voll, es fehlt noch ein Viertel. Ich befinde mich auf einer Lichtung, mit

Bäumen umrandet, vor mir ein Flussufer, links stehen ruhig einige Pferde an den Baum gebunden und schlafen wahrscheinlich, rechts zwei Pferdewagen, zwischen ihnen ein Lagerfeuer, Menschen die lachen, Frauen die singen, es spielt eine Geige und eine Gitarre, ich kenne das Lied, In welchem Film ich jetzt bin, ich habe immer noch meinen Rucksack, Trolley, Arbeitsschuhe, sehen mich die Nomaden, wenn, dann geben sie kein Zeichen davon.

Das Bild, das ich vor mir sehe, muss eine Ursache in meinem Wirbel haben, habe ich schon so etwas erlebt, oder wünsche ich mir so ein Leben heimlich?

Was ist der Unterschied zwischen einem Nomaden und einem Lokführer? Nicht viel, nur der fahrbare Untersatz und die Anzahl von Pferden. Ich lege mich hin, nehme den Rucksack als Kopfpolster, lausche der Musik, dem Gesang, gucke auf die Sterne, ist diese Welt draußen oder in mir drinnen, Gedanken und Gefühle folgen einem Pfad der Entwicklung der Liebe, bedingte Liebe, unerforscht, einsam, eingeschränkt mit schroffen Felsen, der freie Wille, fast ertrunken in der Schlucht der Gelegenheiten und Möglichkeiten die zerren und stehen auf jeden winzigen Funken, die aus dem Herz keimt. Die Keimlinge sind widerstandsfähig, lassen sich nicht vernichten, flechten und verbreiten sich im ganzen Körper, die Wärme kriecht von den Zehenspitzen bis zur Stirn. Statt auf dem Rucksack, liegt mein Kopf auf deinem Schoß, du gibst mir ein Stöckchen mit gebratenem Apfel, dann singst du etwas über den ersten Kuss, ich mag deinen Gesang und versuche mich zu erinnern an den ersten Kuss mit dir, alles wirkt leise, verschwommen, ich schlafe ein.

Satansfone klingelt, was für ein Schmerz, ich bin im Bett im Hotelzimmer.

„Ich bin der Wagenmeister, wann bist du auf der Lok?"

„In einer Stunde" antworte ich und versuche, alle Atome zusammen zu flicken und diesen Kadaver aus dem Bett zu bewegen.

Was für eine Attacke auf mich, auf meinen Traum, etwas hat mich wieder hier her katapultiert, ich ziehe mich an, gehe wieder aus dem Hotel raus, Enns ist wieder Enns, es ist kurz nach Mitternacht, alles ist wie immer, vorne wartet mein Taxi.

Wenn sich,
Hoffnungen,
Illusionen,
Visionen,
Aus meinem Umfeld,
Verabschieden,
Taucht,
Deine Herzlichkeit auf,
Und fließt,
Bis zur Seele,
Herein,
Erschafft,
Einen Fluss,
Heraus,
Der verschlingt,
Meine Gedanken,
Widerstände,
Verpflichtungen,
Verflüssigt,
Meine Materie,
In die Leidenschaft,
Hinein,
Und sprudelt,
In der Quelle,
Unerwarteter Freude,
Mit dir gemeinsam,
Bis zum Siedepunkt,
Und verschwindet,
In der Unendlichkeit.

Im Taxi ist das Radio eingeschaltet, ich höre nichts, Straßenlaternen ziehen vorbei, ich sehe nichts, denke an den Traum, ist der Traum ein Paradies, das gelegentlich durch sogenannte Realität unterbrochen wird?

Am Container Terminal steige ich aus dem Taxi aus und schleiche mich zu meinen Maschinen, heute sind wieder zwei 1142, mit mir zusammen. Mit mir zusammen, drei Oldtimer in Vielfachsteuerung.

Die Loks sind in meinem Semester, einfach zu bedienen, wenn keine zickig ist, könnte es eine ruhige Fahrt werden. Ich frage mich wohin, wohin führt mich diese und alle anderen Fahrten im Leben?

Reise ich, um mir selbst zu entkommen oder um dich zu finden, ist der Zweck des Reisens nur die Suche, vielleicht soll ich nur zwischendurch fündig werden, um die Reise wieder fortsetzen zu müssen?

Ist meine Seele so unruhig, dass sie immer in Bewegung bleiben muss, ist sie so einsam, dass sie deine ständig suchen muss, brauche ich dich heute Nacht mehr denn je, war das gestern und vor Jahren schon so, was passiert morgen und in der fernen Zukunft?

Ich wirke etwas müde, bereite alles für die Fahrt vor, bis ich fertig bin, wird es schon Morgengrauen sein, vom Terminal bis zum Bahnhof fährt ein Verschieber mit, da wirst du noch nicht auftauchen, später eventuell.

Ich muss über eine Stunde warten, bis der Verschieber gekommen ist, es fällt mir nicht schwer, ich denke an meinen Traum heute Nacht und schlafe ein. Der Verschieber kommt, wir fahren langsam nach Enns Bahnhof, da bekomme ich meine Papiere und melde mich abfahrbereit. Inzwischen tauchst du auf, aus dem hinteren Führerstand, wie eine richtige Lokführerin, du kennst dich schon aus, wie am Lagerfeuer heute Nacht angezogen, das wundert mich nicht, mit dem Frühstück, es riecht nach frischem Gebäck, drinnen ist noch frischgepresster Orangensaft und Börek mit Spinat, du warst bei meinem Freund.

Wir fahren los, bis Linz geht es zügig, ab Linz hinter der S-Bahn, in Nettingsdorf voraussichtlich eine halbe Stunde Pause, Frühverkehr, wir müssen auf die Seite, das macht nichts, ein Frühstück mit Genuss, mit dir zusammen auf der Lok. Ich esse mein Börek und wollte dich wegen dem Traum etwas fragen, da beginnst du zu sprechen:

„Du hast einen innigen Wunsch, einen Sohn zu haben, der dir ähnlich ist, deine Tochter möchte auch einen kleinen Bruder haben, warum hast du dir diesen Wunsch nicht erfühlt?“

Mich wundert, dass du so eine Frage gestellt hast, ich bin nicht vorbereitet für eine Antwort, aber sage trotzdem; „Ich bin zu alt und zu müde um ein Kind zu haben, manchmal bin ich mir selbst zu viel.“

„Das ist nur eine Ausrede.“

„Ich habe noch keine Mutter für einen Sohn gefunden.“

„Noch eine Ausrede, man muss nicht mit einer Frau gemeinsam leben, um einen Sohn zu zeugen, es reichen einige Minuten.“

„Ich habe meinen Regeln, die ich nicht brechen will, außerdem habe ich dich zu spät getroffen.“

„Welche Regeln, gesellschaftliche, oder spirituelle? Einige kann man brechen, andere soll man nicht, ich muss auch bestimmte Regeln befolgen, hast du mich gefragt, ob ich einen Sohn mit dir haben möchte?“

In dem Augenblick wäre ich fast erstickt, du schlägst mir mit der Hand auf den Rücken und reichst mir Wasserflasche. Nachdem ich mich beruhigt habe, schaue ich dich groß an, ich glaube, bei mir waren einige Fragezeichen in der Luft.

Du hast einen Lachanfall, noch einige Fragezeichen.

„Du musst dein Gesicht sehen. Leider habe es versäumt, ein Foto zu machen, es war zu schnell."

Jetzt muss ich auch lachen.

„An so etwas habe ich nicht gedacht."

„Du sollst nicht denken, fühlen, keine Angst, ich werde dich jetzt nicht vernaschen, keine Panik, wir wollen dieser Fahrt ruhig und störungsfrei zu Ende fahren, wenn es losgeht, achte auf die Signale", sagst du.

Ich liebe dich wahnsinnig, aber es gibt Momente, da treibst du Spaß mit mir, dass ich lachen muss, du zeigst mir auch das Leben mit dir auch lustig sein kann.

Du hast mir jetzt genug Stoff bis Graz zum Nachdenken gegeben, es wird schwierig an etwas anderes sich zu konzentrieren, außer Fahrt natürlich, aber deswegen bist du da.

Um Thema zu wechseln, frage ich dich wegen dem Traum heute Nacht. Du sagst, es ist eine Geschichte, eine aus vielen aus der Vergangenheit, die in der Zukunft auch passieren könnte, mit uns zwei und unsere Begegnungen, leider hat das Klingeln des Telefons alles unterbrochen, du erzählst mir alles ein anderes Mal, es beginnt zu regnen, die Schienen sind rutschig, ich muss mich auf die Fahrt konzentrieren, sonst bleiben wir stehen. Du begleitest mich auf der Bergstrecke bis wir in St. Michael sind, da muss ich etwas warten, gibst mir einen Abschiedskuss und bist nicht mehr in meinem Blickfeld, nur dein Geruch ist geblieben, wenn ich zu Hause bin, werde meine Zettel vorbereiten, von dir Träumen, mit dir reisen, du wirst mit mir singen, Gedichte vorlesen und ich werde in deinen Augen versinken.

Dessau

Mit der Anreise, vier Tage in Dessau, im Voraus habe mich schon gefreut und versucht herauszufinden, was für eine Stadt Dessau ist, wo liegt sie genau?

Die Anreise war schon ein Abenteuer, im Abteil für Kleinkinder, anderswo habe keine Reservierung bekommen.

Natürlich fährst du mit, schwarz, ohne Ticket, nur für mich sichtbar und lachst, wenn ein kleines Mädchen herumkrabbelt und versucht sich bei meinen Schuhen festzuhalten

Im Hotel angekommen, im Bauhausstils, Dessau ist Hauptstadt der Bauhauskultur, machen wir es uns gemütlich, du hast mir versprochen, vier Tage nicht von meiner Seite zu weichen, außer in der Schulung, da muss ich mich konzentrieren.

Am nächsten Tag nach den Verpflichtungen, machen wir uns auf den Weg die Stadt zu entdecken, danach vom Bahnhof zu Fuß in Richtung Elbe.

Es gefällt mir hier, breite Straßen, viel grüne Flächen, keine hohen Gebäude, einige mit Backstein gebaut, keine Hektik, ähnlich wie im Dornröschenschlaf.

Wir spazieren am Rande des Parks, bis zur Elbe, am Ufer angekommen, bewundern wir das Licht und die Wolken in alle Richtungen, setzen uns in die Wiese und beschließen die Zeit anzuhalten. Es verändert sich alles fast unbemerkt, die Landschaft, die Elbe, es wird alles gelb, rosa, dunkel, dann wieder hell, der Boden, die Menschen, die da waren, die Bauten, sind alle weg, am Ufer und im Hintergrund sind riesige Bäume mit Lichtungen.

Eine Parkanlage, überdimensional, mit Blumen Pflanzen und Menschen, die doppelt so groß sind als sonst, angekleidet mit der Mode, dass ich zu keinen Zeitaltern zuordnen kann, einige Kinder in meiner Größe laufen dazwischen.

Bevor ich etwas fragen kann, sagst du, dass alle diese Menschen, Künstler sind, Dichter, Schauspieler, Maler mit ihren Musen, Protagonisten, Ideen aus verschiedenen Werken, die haben alle hier Form angenommen, nach dem Leben auf der Erde kommen alle hierher und müssen diesen Ort nicht mehr verlassen.

„Kommen wir auch hier?"

„Wenn du dich als Künstler betrachtest, schon, nicht jeder will hierher."

Du lachst, deine Hand gleitet auf meinem Kopf, es wird gleich angenehm warm. Ich beobachte die Menschen, die sich unterhalten, scheinbar sehen sie uns gar nicht, trotz ihrer Größe spazieren sie mit Leichtigkeit.

Ich denke wie wäre es, wenn wir hier leben würden, wie viel Zeit ist mir noch geblieben, um etwas zu vollenden und was soll ich vollenden?

„Wem gehört dieses Land?", frage ich.

„Allen, jeder der etwas kreativ im Leben war, kann hierherkommen, alle sind willkommen."

„Ob wir so eine Größe erreichen können?"

Durch das ganze spekulieren und nachdenken, werde ich langsam müde und schlafe neben dir ein, nach dem Aufwachen ist die alte Realität da, Dunkelheit bricht langsam ein und wir spazieren gemütlich zurück in die Stadt.

Unsere Finger,
Berühren sich,
Durch die Wasserwand,
Von meiner Seite,
Sticht,
Erzürnte Leidenschaft,
Von deiner gleitet,
Vernünftige Eskalationskaltion,
Der Hingabe,
Zwischen uns,
Schwanken,
Mein Wahnsinn,
Und die Schönheit,
Deines Universums,
Mein Widerstand,
Ergibt sich,
Deiner Begeisterung,
Und brennt aus,
In einem ungezügelten,
Feuer,
Alles um uns,
Verschwindet im Nebel,
Der verbrannten,
Vergangenheit,
Es bleibt nur,
Das bloße Verlangen,
Nach einer,
Ewigen Vereinigung,
In der Stille,

Der Gefühle,
Aus uns,
Sprießen die Blumen,
Und duften nach,
Brennender Reinheit,
Der Erleuchtung.

Ich genieße zwei Tage deine Anwesenheit. Nach dem Frühstück gehen wir nochmals in die Stadt, einige Erinnerungsstücke besorgen, danach zurück in das Hotel, du fragst mich, ob du etwas vorlesen sollst von unzähligen alten Geschichten, ich meine du sollst dir eine Geschichte ausdenken.

Du schaust mich kurz an, dann schaust du durch mich durch, durch die Wände, in die Ferne, in die Welten, kommst auf mich zu, klammerst dich an mich, atmest den Geruch meiner Haare, meiner Haut ein, deine Hände gleiten über meinen Rücken, du flüsterst einige Sätze, die ich nicht verstehe.

Deine Haare hast du mit einem orangefarbenen Streifen gebunden, du bindest ihn los, lässt deine Haare fallen, nimmst meine Hand, bindest sie mit deinem zusammen, nimmst meine andere Hand, der Raum wird transparent dann milchig, ich verspüre den gnadenlosen Befehl mich zu entspannen und hinzugeben. Es ist alles weiß, ohne Licht und Schatten, ich ahne das wir irgendwo anderes sind, höre nur wie wir langsam atmen, jetzt rieche ich an deiner Haut, ich fühle dein Zeichen, dass ich nicht reden soll.

Es lichtet sich langsam, ich sehe einen anderen Raum, wir stehen auf einen Schotterweg, der geht oben auf der Anhöhe nach links, auf beiden Seiten des Weges sind Bäume, wir befinden uns im Wald, oben sieht man ein Dach und ein Holzhaus, wir begeben uns in die Richtung, oben angekommen sehe ich, dass das Holzhaus ein Speicher ist, er steht im Schatten von einer alten Linde, die ist riesig und einige hundert Jahre alt bestimmt. Links ist ein großer Hof und ein eingezäunter Garten. Vor uns steht, ein Bauernhaus, es ist kurz vor der Dämmerung, im Erdgeschoss ist bei zwei von vier Fenster ein schwaches Licht zu sehen, wir setzen unsere Füße dorthin und schauen hinein.

Was für eine Überraschung, ich kann es nicht glauben, sehe mich selbst, wie ich am Tisch bei schwachem Licht von der Petroleumlampe sitze, am Tisch herum, einige Bücher, Hefte und viele Zettel, im hinteren Teil steht ein Ofen, durch die Kochplatte spielt das Feuer Lichtspiele an der schattigen Wand. Von lauter staunen rufe ich meinen Namen, bevor du mir den Mund zugemacht hast, ich rufe mich drinnen selbst oder den Menschen, der mir verdammt ähnlich sieht.

Mein Doppelgänger oder ich in einer anderen Zeit, steht auf, geht hinaus, beobachtet wie einigen Vogel Insekten fangen, die am schwachen Blau des Himmels zu erkennen sind, am Waldrand wird schon dunkel, es geht mir vieles durch den Kopf, aber du gibst mir Zeichen, dass ich still halten soll, ich beobachte mich, wie ich draußen sitze ganz ruhig und zufrieden, obwohl alles einsam wirkt, der Mann schaut ganz ruhig selbstgenügsam und glücklich aus, nach einer Weile geht er hinein, schiebt Holz in Ofen rein, geht zum Tisch und schreibt etwas im Heft auf. Du gibst mir ein Zeichen, wir entfernen uns vom Fenster, ich werfe noch einen Blick zum Fenster und sehe mich selbst in der Arbeit vertieft.

Du küsst mich auf die Wange, klammerst dich wieder an mich, eine Hand ist immer noch mit deinen verbunden, du riechst an meinen Haaren, ich mache die Augen zu, atme den Geruch von deiner Haut ein, es wird mir leicht schwindelig, meine Augen öffnen sich langsam der milchige Raum wird transparent und letzte Fetzen von irgendeiner Materie verdunsten im neuen Raum.

Wir befinden uns wieder auf einen Weg, der leicht runter in ein weitläufiges Tal führt, die Berge, die es umranden oder besser gesagt Hügel sind evtl. dreihundert Meter hoch. Auf der rechten Seite sehen wir eine Wirtschaft, links und rechts von der Einfahrt steht jeweils ein Haus, etwas weiter Wirtschaftsgebäude, in der Mitte ein Brunnen, einige

Obstbäume, um die Häuser herum einige Wohncontainer, Wohnwägen, sogar eine Jurte, dahinter viele Gärten auf einigen Hektar Grund, in den Gärten sind noch einige Menschen unterwegs und verrichten ihre Arbeit, links vom Hof ein rundes Bauwerk, mit den Wänden und Dach aus Holz, Fenster sind offen, es ist kurz vor Sonnenuntergang, in der Runden Gebäude sitzen einige Männer und Frauen und machen Agnihotra, einige Menschen sitzen im Hof und basteln etwas, es gibt auch Kinder die spielen mit den Haustieren, in der Wiese grasen einige Kühe, Schafe, Pferde, zwei Esel, die Hühner picken Würmer unter den Obstbäumen. Es schaut nach einer friedlichen Gemeinschaft aus.

Wir gehen näher dran, diesmal bin ich still, sehe Menschen aus verschiedenen Generationen, einige Gesichter kenne ich und staune, dass Sie dabei sind, meine Wenigkeit ist bei der Agnihotragruppe zu sehen, diesmal überrascht mich das nicht, einige Fragen stapeln sich wieder, ich bleibe trotzdem still.

Es besteht in mir ein Herzenswunsch hier zu bleiben, zu tun, etwas zu sagen, auf mich aufmerksam zu machen, manche Erinnerungen strömen aus mir hoch, ich weiß nicht, ob es Bilder aus der Vergangenheit oder der Zukunft sind, bevor ich etwas unbeabsichtigt tun kann, machst du mir mit der freien Hand die Augen zu, klammerst dich wieder an mich, ein Schatten lässt die ganze Landschaft verschwinden, die Frage nach der Essenz meiner Existenz löst sich in der Umarmung deiner Zärtlichkeit auf, wir landen wieder im Hotelzimmer.

Du bindest unsere Hände los und ich schau dich groß an.

Eine gewisse Unruhe geht in mir auf, ich habe keine Ahnung in welchen Traum oder welche Illusion wir, während dieser beiden Reisen versunken sind.

Ich wage es zu fragen; „Was war das wo waren wir gerade, ich habe mich in zwei verschieden Situationen gesehen, das war ich oder mein Klon und wo warst du, dich habe nirgends gesehen?"

Du lachst verdächtig und sagst; „Das wollte ich dich gerade fragen, wo war ich, vielleicht kannst du mir etwas mehr erzählen?"

„Ich kann dir nichts erzählen, du hast mich entführt, gleich wie gestern auf der Elbe."

„Das waren drei Möglichkeiten, die du lösen kannst, gestern nach dem Leben in der Materie, heute hast du zwei gesehen die du noch in der Materie verwirklichen kannst."

„Nur drei oder zwei in diesem Leben?"

„Es gibt noch eine die ich dir nicht gezeigt habe, in der ersten Station warst du allein, aber nicht einsam, in der zweiten warst du in guter Gesellschaft, dritte wäre ein großer Fluss oder eine Bucht, eine Stadt mit vielen Leuten und Besuchern, da ginge es dir sehr gut, aber du wärst da sehr einsam, ich glaube nicht, dass du dieser Karte ziehen wurdest, aber es ist nicht im Felsen gemeißelt, kann noch ganz anderes kommen."

„Warum bist du nirgends dabei?"

„Ich habe eine Vermutung, aber darf dir nicht sagen, darf deine Entscheidung nicht beeinflussen, du kannst auf der Stelle mit mir jetzt abreisen, dann schaut alles ganz anderes aus."

„Wann passiert es ungefähr?"

„Das könnte auch in der Vergangenheit sein, es ist nicht gemeißelt, wie ich schon gesagt habe, das waren Bilder, die nur im Moment aktuell sind, sie könnten in zwei Stunden wesentlich abweichen, hängt von deinem momentanen Zustand und Herzenswünschen ab."

„Das heißt, ich kann alles selbst entscheiden?"

„Ja, aber nicht Situationen produzieren, es ist alles schon vorhanden, du ziehst nur eine Karte aus, aus den unzähligen Möglichkeiten."

„Ich will Karte ziehen, wo du bist."

„Ich hoffe es."

Statt nachzudenken, glaube ich es ist besser in deinen Armen mit dir zu verschmelzen, während der Sommerregen auf der Fensterbank tanzt, Erinnerungen und immense Wünsche seufzen aus irgendeinem Raum im Kopf, kommen heraus und brennen in deinen Haarspitzen, jedes Mal, wenn ich auf deiner Haut, in deinen Armen brenne, löscht du meine Ohnmacht aus und ich versuche zu verstehen, wie viel du mir bedeutest, gleitet mein Bewusstsein in einen traumlosen Schlaf.

Nächten Tag heißt es, nach dem Frühstück einpacken und Heimreise anzutreten, das bedeutet, von dir scheinbar körperliche Trennung zu akzeptieren, sich auf Zettelbotschaften zu verlassen, deinen Blick in meinem Gesicht, deinen Atem auf meinem Hals spüren.

Auf der Rückreise sind wir im Bistro gesessen, statt in der Kinderabteilung, du auf meinen Knien, der Zug war wie üblich, voll. In Passau hast du mich geküsst und bist ausgestiegen. In diesen regnerischen Tagen bin immer noch mit dir auf der Elbe und frage mich, wo bin ich zu Hause eigentlich, hier wo ich gerade bin, im Zug, oder, wo du bist, wo immer es ist?

Bratislava

Neben der Strecke in der Dunkelheit, eilen die Lichter vorbei, in Hegyeshalom angekommen warte ich eine Stunde, dass der Zug abgehängt wird, kein Wunder es ist Silvesterabend, jeder mag es gemütlich.

Einmal möchte ich mit dir nach Budapest fahren, aber heute werden wir in Bratislava Silvester feiern.

Endlich kann ich losfahren, nach Parndorf, dann Petrzalka, schnell ins Hotel, ein bisschen kultivieren, du bist schon fertig und wartest auf mich.

Ich habe mich auf diesen Abend irrsinnig gefreut im Moment, wo ich den Dienstplan gesehen habe, Silvester in Bratislava, noch mit dir zusammen, wie oft passiert es schon im Leben?

Wir fahren mit dem Bus über die Donau, dann zu Fuß weiter, Richtung Narodne Divadlo, da hat sich schon eine Menschenmasse angesammelt, die Musik ist etwas zu laut für meine Ohren, die Freude ist aber ansteckend.

Wir zwei trinken nichts, aber baden in der Menschenmenge und kuscheln beieinander, Hand in Hand, dass wir uns nicht verlieren.

In Bratislava kenne ich einige Gesichter, hauptsächlich Eisenbahner, Kellner, Taxifahrer, Hotelbesitzer, Dienstmädchen, alle andere sind unbekannt, genauso wie eine Flut an Touristen, egal zu welcher Jahreszeit.

In der letzten Zeit mache ich weniger Fotos als sonst, heute ist eine Ausnahme, einige Selfies von uns, Beleuchtung, Christbäume.

Jeder Tag mit dir ist wunderschön, aber heute ist etwas Besonderes, ich drücke deine Hand fester, ziehe dich leidenschaftlicher an mich heran, liegt es an den Menschen hier, an dem Ort, Tag, oder an uns zwei?

Wir lassen uns auf den Schwingungen tragen und eine Stunde vor Mitternacht, begeben wir uns zur Donau, um einen guten Platz zu ergattern, wenn das Feuerwerk losgeht. Die Brücke, das Ufer alles ist voll mit Menschen und meine Brust ist voll mit Liebe zu dir.

Es geht endlich los, ich mache so viele Fotos wie möglich und einige Videos, bin ein bisschen enttäuscht, weil die Fotos nicht gelungen sind, die Straßenbeleuchtung ist eingeschaltet geblieben, auf der andere Seite, die Freude ist groß, wir freuen uns auch, ein langes, Neujahreskuss folgt.

Menschen bewegen sich langsam, ziehen weiter zum Feiern, oder nach Hause, wir zwei gehen zu Fuß Richtung Petrzalka, über die Brücke, man sieht noch vereinzelt Feuerwerk und die Lichter in der Donau, noch einige Blicke um uns herum, weit, wie das Auge reicht, die Gruppe der Menschen ist am Anfang groß, zum Schluss bleiben nur wir.

Das schönste vor allem mit dir ist, Hand in Hand durch das nächtliche Bratislava zu spazieren, mein erstes Ereignis mit dir, bisher haben wir keine Feste gefeiert.

Entlang des Weges, erleuchtet und erwärmt von unseren Emotionen, lassen wir alle Zweifel hinter uns und tauchen in die Freude des Daseins hinein, die neblige Vergangenheit und die unklare Zukunft haben sich in der Klarheit unserer Wünsche aufgelöst, jetzt und hier diesen Moment zu bewahren, für immer verbunden zu bleiben mit tausenden von Tropfen im Ozean der Liebe.

Mondschein fällt,
Auf meine unwirkliche,
Einsamkeit,
Du hast dich,
In einen Schwan,
Verwandelt,
Und verblasst,
Auf der Oberfläche,
Meiner dunklen,
Enttäuschungen.
Der Schatten,
In meinem Bewusstsein,
Verflüchtigt sich,
Langsam,
Dein Flüstern,
Erreicht,
Einen hungernden,
Kern,
Und entlockt,
Meinem Herzen,
Die Konturen,
Deiner Zärtlichkeit.
Deine sanfte Stimme,
Heilt,
Meine verletzten Ängste,
Und verwandelt sie,
In die Freude,
Der Vereinigung,
Mit dir.

Aufgehende Sonne,
Beleuchtet,
Unsere Konturen,
Umarmt,
In einem Raum,
Für uns geschaffen,
Jenseits,
Aller Grenzen,
Und Formen.

Erster Tag des neuen Jahres, was soll man da etwas Großartigeres anfangen, außer ausschlafen? Aus meiner Jugend kann ich mich an einen Satz erinnern; „Was du am ersten Tag des Jahres tust, tust du das ganze Jahr", also gut überlegen, was man macht, die Voraussetzungen sind gut, heute bin ich den ganzen Tag mit dir zusammen, es könnte das ganze Jahr so bleiben, auf keinen Fall etwas arbeiten oder Stress in unseren gemütlichen Stunden hineinlassen.

Etwas verstehe ich nicht: Der Großteil der Menschheit schläft den Rausch des Vortages aus, oder unternimmt einfach nichts, wieso ist dann der Rest des Jahres so hektisch und schwierig? Das Karma vielleicht, dann hat die Menschheit aber allgemein ein schlechtes Karma.

Wir sind schon am Vormittag wach geworden und genießen unser Frühstück, kleine Küche ist gleich neben unserem Zimmer, außer uns gibts keine Gäste, das Dienstmädchen tut mir leid, ich habe nicht erwartet das jemand wegen uns heute aufstehen muss, für etwas Essbares hast du schon gestern vorgesorgt, wir werden nicht an Hunger sterben, trotzdem freue mich auf das Frühstück.

Nach dem Frühstück denke ich, wirst du auf meiner Brust liegen und eine Geschichte erzählen, aus dem Radio ist irgendein Neujahres Konzert zu hören, ungarische Spiele vom Brahms, wir könnten bald der ungarischen Tiefebene einen Besuch abstatten, denke ich.

Stattdessen sagst du:

„Genug von faulenzen, wir werden uns reinigen und anschließend einige Zeit meditieren, du gehst zuerst ins Bad, ich brauche wesentlich länger als du."

„Dein Wunsch ist mir Befehl", sage ich etwas verwundert, aber ich traue mich nicht, dir zu widersprechen. Du machst die Badewanne voll mit Wasser, richtest etwas aus Kräutern und Badesalz, es duftet nach Weiden aus meiner Jugend, du singst etwas das ich nicht verstehe und schiebst mich in den Jungbrunnen hinein und erzählst, wie ich mich reinigen soll.

Ich mache alles wie du mir es befohlen hast, es dauert einige Zeit, gerade als ich mich frage, wie lange noch, kommst du rein, holst mich aus dem Wasser raus, trocknest mich wie ein kleines Kind, anschließend schmierst du mich mit einer Salbe ein, die eine warme Wirkung hat und etwas exotisch duftet. Dann schreibst du etwas auf Papier und gibst es mir zu lesen.

„Da hast du ein Mantra, du musst fünfzig Runden chanten."

Ich werfe einen Blick auf den Zettel drauf; „Die Mantra kenne ich, aber das sind fünfzig Runden, ich werde bis morgen nicht fertig."

„In viereinhalb Stunden, du musst nicht laut singen, flüstern ist auch erlaubt, wenn du schnell bist, schaffst du es in drei Stunden, schummle nicht und schlafe nicht ein, wenn ich zurück aus dem Bad bin, werde ich auch chanten."

Du drückst mir einen elektronischen Zähler in die Hand, gehst ins Bad und ich beginne zu chanten, beschließe nicht auf die Uhr zu schauen, am Anfang ist es mühselig, ich versuche mich auf das Mantra zu konzentrieren, habe keine Ruhe im Sitzen, wandere im Zimmer auf und ab, setze mich auf die Bettkante hin, chante, werde müde, stehe wieder auf, gehe auf Balkon raus, chante weiter, es ist frisch draußen, gehe wieder rein, chante, irgendwann muss ich mich nicht mehr anstrengen, es läuft von selbst, flüssig, ich habe Gefühl, das ich die Mantra selbst bin, die Geräusche von außen verstummen, Konturen im Zimmer werden unscharf, ich fühle meinen Körper als eine Schwingung, merke nicht einmal das du aus dem Bad gekommen bist und auch chantest, ich merke das Drücken meines Fingers am Zähler auch nicht.

Irgendwann legst du deine Hand auf meine Schulter und sagst leise; „Genug, du hast es geschafft."

Ich nehme dich und den Raum wahr, lege mich auf dem Bett, entspanne ein bisschen meine Glieder, mache Augen zu, bleibe so einige Augenblicke liegen, möchte wissen, ob sich etwas verändert hat, hat in mir eine Veränderung stattgefunden?

Äußerlich spüre ich leichtes kribbeln auf der Haut, innerlich fühle ich Freude und Sehnsucht nach dir, dann mache langsam Augen auf.

Dein Lächeln strahlt im Zimmer mehr als jede Beleuchtung, ich sehe harmonische Linien deines Körpers, die durch sanftes Licht des Tages verziert sind, eine natürliche Schönheit, es gibt nichts vergleichbares zu beschreiben, bisher habe ich dich niemals so angesehen, du hast keine Kleidung, ich stehe vom Bett auf, du umarmst mich, deine Spannung knistert auf meiner Haut, deine Hände drucken mein Kopf fest, dein Kuss will mich und ganze Welt verschlingen, in mir wachsen unmessbare Kräfte, um dir ebenbürtig zu sein, wir fallen aufs Bett, was danach folgt, ist schwer zu beschreiben, weil ich mich nur vage erinnern kann, ich kann es nur Abstrakt wahrnehmen, es wechseln und vermischen sich, die Leidenschaft, Zärtlichkeit und materielle Vernichtung miteinander.

Ich kann nicht sagen was ich bewusst, was unbewusst erlebe, da sind Empfindungen jenseits allen Grenzen, unter normalen Umständen wäre ich schon im Jenseits, aber du hältst mich in deiner Umarmung fest und lässt mich nicht los, im nächsten Augenblick glaube ich, dass ich deinen Körper zerquetschen muss, dann verwandeln wir uns in ein buntes Plasma, das sich miteinander vermischt, runde glatte Teilchen von unseren Körpern kollidieren mit dem quietschenden Geräusch miteinander, jedes Ein – und Ausatmen wirft die Welten aus uns, die aufeinander prallen, alle meine körperlichen Einschränkungen sind entwurzelt worden, ich schwebe in einem Strom, der mich über alle Erwartungen hinaus trägt, mit unseren Empfindungen färben wir den

Raum um uns herum, die Bilder malen sich von selbst, wir sind die Bilder die sich vermischen, Formen annehmen, miteinander verschmelzen, ich spüre meinen Körper wieder, er ist mit immenser Energie gefühlt, die sich entzündet und uns in die Unendlichkeit trägt, unerfüllte Wünsche schreien um Gnade, fliehen aus mir heraus, alle meine Schwächen sind verbrannt worden, ich kann die Ohnmacht nicht mehr verstecken, die breitet sich aus und schafft ein neues Universum, nur für uns zwei, verlorene Wesen in einer endlosen Weite, überrascht von Gefühlen der universellen Schöpfung.

Irgendwann bin ich bewusst, dass schon die Nacht vorbei ist, der neue Tag bricht ein, wir liegen immer noch umschlungen, ich versuche mich zu erinnern was passiert ist, erfolglos, dein Kuss versetzt mich in Traumzustand, wozu sich erinnern, wenn du da bist, wir wiederholen es nochmals, bis zum Ende der bekannten Welt.

Senj

Um dem Alltag zu entkommen, entschied ich mich spontan, an die Adriaküste zu fahren, es war unsere erste gemeinsame Reise außerhalb der Zugwelt, ohne Maschinen, Anrufe oder E-Mail, wir genossen die langsame Fahrt auf der Landstraße, machten oft Pausen und ließen uns Zeit, obwohl es auf dieser Route ein paar Stunden länger dauerte als auf der Autobahn, fuhren wir einfach an Zagreb vorbei, ohne Freunde und Verwandte zu besuchen stattdessen machten wir auf der Lika-Hochebene bei meiner Schwester halt und blieben drei Tage.
Nur für mich warst du sichtbar, da es schwierig gewesen wäre, anderen zu erklären, wer du bist.
Es ist immer eine große Freude für meine Schwester, wenn ich sie besuche, ihre Kinder und Enkelkinder kommen nur in den Ferien, deshalb unterstütze ich sie gerne im Haus wir nutzen die Tage auch, um ausgiebige Spaziergänge zu machen, die ländliche Gegend ist fast menschenleer und bietet für uns ein wahres Paradies, das besondere Licht und die unterschiedlichen Farben der Natur sind einfach wundervoll, manchmal fährt ein Güterzug vorbei und der Klang des alten GM Dieselmotors hallt noch eine halbe Stunde lang durch das Gebirge, obwohl ich der Eisenbahn entkommen bin, fühle ich ihre Nähe dennoch.
Ich erzähle die Erinnerungen aus meiner Jugend und du lässt Bilder in der Luft passieren, alles ist unglaublich, es schaut anderes aus, als ich mich erinnern kann. Damals habe ich andere Hoffnungen und Träume gehabt, heute träume ich nur von dir, mir wird klar, dass du damals dabei warst, du warst immer dabei, seit ich in dieser Form existiere.

Die Züge meiner Erinnerung bleiben kurz an der Station des fortge-
schrittenen Lebens stehen, ich warte sehnsüchtig auf deinen Blick
durch das beschlagene Fenster, während deine Finger vertraute
Worte auf das Glas schreiben. Ich war zu lange allein, bin alt geworden, aber die Suche nach dir hat nicht nachgelassen, ich kenne die
Passagiere, alle habe ich schon auf den flüchtigen Spuren der Einsamkeit getroffen, aber dich nur einmal.

Die Züge fahren ab und ein Teil von mir begleitet sie jedes Mal in der
Hoffnung, dass du irgendwo auf mich wartest, auf einem Bahnhof,
wo die Tugend, die Zeit und Raum verschlungen hat, Züge fahren
vorbei, Fahrgäste passieren, die Zeit vergeht wie im Flug, nur ich
bleibe hier in der Erwartung versunken.

Nach drei Tagen verabschieden wir uns von der Schwester und der
wilden Natur und fahren nach Senj.

Die Schatten,
Falscher Bedürfnisse,
Ziehen am Fenster,
Vorbei.
Dein Kopf,
Auf meiner Schulter,
Erleichtert,
Den Übergang,
Von der Vertrauten,
Täuschung,
Zur unbekannten,
Realität.
Die Bläulichkeit,
Des Meeres,
Ruht,
Auf zwei,
Verborgenen Seelen.
Unsere Blicke,
In die Ferne,
Fixiert,
Nähern sich,
Dem Punkt,
Der Vereinigung.
Wir schweben,
Leicht,
Dem Licht entgegen,
Und werden,
Ein Blick,
Ein Atem,

Ein Herz,
Geschmolzen,
In der Schönheit,
Der kommenden,
Beständigkeit.

Wir gleiten durch kleine Ortschaften, durch Kapela Gebirge, auf und ab Richtung Adria, es nieselt langsam. Tropfen wie die Trauben hängen auf dem Fenster, in jedem Tropfen verbirgt sich ein Universum, das in Ruhe herabgleitet, sich im Wind zerstreut und schließlich in der Sonne austrocknet. In jedem Tropfen bist du und ich, unsere Gesichter spiegeln sich, was machen wir in diesen Universen, lieben wir uns so wie hier, habe ich dort auch Falten im Gesicht, vielleicht eine andere Form, für mich erschreckend?

Je näher wir an der Adria sind, desto besser ist das Wetter, wie oft bin ich auf dieser Straße gefahren, mit anderen Frauen, mit Kindern? Meine Tochter fährt heute noch gerne nach Senj. Wir machen einen Zwischenstopp am Vratnik und gehen zum alten Bunker, von dem aus wir eine beeindruckende Aussicht auf Senj, die Insel Krk und die Kvarnerbucht haben, bei herrlichem Wetter und ohne Bora sehen wir links vom Velebit-Gebirge einen Wasserfall aus Wolken und Nebel, der sich hinunterzieht, während wir die Stadt, die Inseln, die Adria und den weiten Blick in die Ferne genießen.

Schwer zu sagen was Senj für mich bedeutet, manche fragen mich, was ist so interessant in Senj, abgesehen davon, dass es die kürzeste Strecke von Graz an die Adria ist? Es gibt die Möglichkeit links nach Süden, Richtung Insel Rab oder rechts Richtung Norden, zu fahren, wo sich Crikvenica und die Kvarner Bucht befindet. Ich war in Senj erstmal, zu jener Zeit, die für mich nicht einfach war, ich fühle mich jedes Mal da wie ein Pilger an den letzten Kilometern, vielleicht fühlt sich so ein Devotee, wenn er die transzendentale Welt erblickt. Viele Menschen suchen andere materielle Schönheiten und ziehen weiter, du weißt, wie ich mich fühle, meine Tochter hat wahrscheinlich gleiche Gefühle für diesen Ort.

Ich suche dich nicht mit meinen Augen, ich spüre dich an deinem Atem, an deinem Geruch, während ich deine Gegenwart in meinem Herzen einatme, Illusionen ziehen vor den Augen vorbei, die Wahrheit wird im Herzen gelesen, die Schatten früherer Hoffnungen schmelzen in der Frische deiner Berührung, auf der erleuchteten Seite der Seele.

Wir fahren die Serpentinen hinunter, die Farben sind wesentlich milder als in der Steiermark, die Luft duftet nach Meer, dieser Luft habe ich hunderte von Kilometer weiter im Norden gespürt.

Ich wollte zu Maria fahren, sie ist eine Legende, ich kenne sie seit zwei Jahrzehnten, für mich war sie immer wie ein Zuhause in Senj, für viele andere auch, diesmal wollte ich nicht, dass du dich versteckst, wir haben eine Wohnung gemietet, der Schlüssel liegt im Briefkasten. Ich kenne einige Gesichter in Senj, aber da kann mich niemand zuordnen, es gibt so viele Touristen, die ständig kommen und gehen.

Wir bleiben einige Tage, das Wetter ist angenehm, gehen zu einigen kleinen Buchten spazieren, die man zu Fuß erreichen kann, besuchen Burg Nehaj, es hat sich einiges geändert seit letzten Mal, zwischen Prva draga und Skver ist ein Strand, gebaut worden, angenehm zu spazieren, früher war es ein Abenteuer. Oft sitzen wir im Park der Dichter im Schatten der Bäume, genießen die Ruhe und schauen in die Ferne, ohne etwas Großartiges zu unternehmen, es ist früher Herbst, die Gäste sind überschaubar.

In der Stille wärmt uns die sanfte Sonne, während das Meer seufzt und seine Farbe nach Belieben verändert, man sollte sich in dieser Einsamkeit kaum etwas wünschen, damit nicht irgendein vager Wunsch in Erfüllung geht.

Möwen halten uns davon ab, aus diesem Wahnsinn der Stille, in ein anderes Universum zu springen, in der alles von uns etwas will, wir wollen nur uns selbst, diese blaue Ruhe in der Seele, Ruhe im Herzen, im Atem und die unendliche Zugehörigkeit zueinander.

Unter mir,
Die Stadt,
Das Meer,
Die Inseln,
Und Ferne.
Über mich,
Kleine Wolken,
Und vage Sterne
In mir,
Feuriger Regen,
Erwartung,
Unvollendete Sehnsucht,
Für deine Kraft,
Zu wenig,
Beachtung.
Draußen,
Verenden Träume,
Sünden,
Tugend,
Leidenschaft,
Und Illusionen.
An uns,
Zerschellen,
Legionen,
Ungeahnte Ideen,
Und Religionen.
Lass mich,
Nochmals,
Dein Gesicht,

Sehen,
Ekstase spüren,
Mit deinem Herzen,
Verbinden.
Lass mich wieder,
Besessenen Wahnsinn,
Fühlen,
Deinen Blick,
Verschlingen,
In deiner Liebe,
Ertrinken.

Du stehst auf den Klippen, mit dem Blick auf das Meer, deine langen Haare spielen im Wind, ich stehe hinter dir und spüre ein Lächeln auf deinen sanften Lippen.

Deine zarte Figur gibt mir das Gefühl, als würde sie mit dem Wind davonfliegen, wenn ich daran denke, wie viel Kraft, wie viel Magie in dir steckt, um mich zu tragen, meine Zweifel, das zerstreute Chaos meiner vagen Gefühle.

Du liest meine Gedanken, drehst dich um, gibst mir deine Hand, dein Lächeln ist noch eindrucksvoller als ich es mir vorgestellt habe, und die Augen sind die Quelle der Liebe für meine verbundene Seele.

Liebe entspringt aus deinen Augen, erfrischt meine Gedanken und zieht mich hilflos in deine Umarmung.

Umarmt und in deinem Wesen ertrunken gebe ich mich hin und schwebe wie eine Feder auf der unergründlichen Kraft deiner Gefühle, ich kann so viel Abhängigkeit von deinem Wesen kaum ertragen, es kommt mir vor, als würde ich in deiner Unendlichkeit verschmelzen. Nach einigen Tagen, es ist an der Zeit von Senj Abschied zu nehmen und wir fahren über die Serpentinen hinauf. Am Vratnik werfen wir noch einen letzten Blick auf die Stadt und die herangekommene Nacht, wir versprechen uns irgendwann wiederzukommen und setzen unsere Reise Richtung Graz fort.

Graz

Wir sind in Graz gelandet, einige Tage vom Urlaub sind übriggeblieben, bevor es weiter auf der Schiene geht, wir wollen ausgedehnte Spaziergänge in der Stadt und im Umland von Graz machen, eventuell einen Abstecher in die Obersteiermark, bevor es kälter wird.

Was soll man über die Stadt sagen, wo man mehr als die Hälfte seines Lebens verbracht hat?

Da fühlt man sich zu Hause, obwohl ich mehr unterwegs als in Graz bin, ich weiß, da kann ich meine Wunden lecken, bei den Freunden Trost suchen, einfach in der Sonne faulenzen, neue Schreibideen im Park holen, sich von Reisen erholen, von der Welt verstecken, nach eigenem Maß genießen, wenn man dieses Leiden in der Materie als Genuss präsentieren darf.

Was gibt's in Graz außer der Sehenswürdigkeiten wie Uhrturm, Kunsthaus, Murinsel, Landhaus, Glockenspielplatz, Schloss Eggenberg und vieles andere?

In Graz gibt es für jeden etwas, je nachdem, was man sucht. Shopping, Architektur, besondere Licht Verhältnisse, Kunst, Geschichten, Kernöl, gutes Essen, Graz ist Steiermark im Kleinen, im Frühjahr rieche ich auf der Hauptbrücke das Meer, ich kann es nicht erklären, aber ich rieche es. In Graz beginnt schon der Süden, da bekommt man richtig Lust weiter nach Süden zu reisen, ich rieche zwar das Meer, aber reise ganz selten dorthin, mehr schätze ich den Schatten in Umland von Graz und in den steirischen Wäldern.

Was macht diese Stadt aus?

Das sind die Menschen. Jeder der einige Zeit in Graz verbringt, erkennt diesen Stich an Entgegenkommen, der sich entlang der Straßen und

Gassen erstreckt, aus Cafés und Restaurants entspringt, über dem Bauernmarkt schwebt, nicht dass die Menschen im Rest von Österreich unfreundlich sind, aber in Graz sind sie legerer, südlicher, sie vermitteln das Gefühl, Träume ohne Hektik zu verwirklichen, wenn nicht sogar Träume durch bessere ersetzen zu können. Als ich vor mehr als drei Jahrzehnten nach Graz gekommen bin, habe ich die Nähe von den Menschen gesucht und gefunden, mittlerweile hat mein Kontakt mit den Menschen abgenommen, arbeitsbedingt, auch weil ich dich kennengelernt habe, wenn du ständig hier wärst, das wäre was, aber du bist aus einer anderen Welt, nicht ortsgebunden, aber ich bin an dich gebunden.

Wir schlafen länger, nach dem Frühstück erkunden wir die Stadt, du kennst dich aus, zeigst mir einige Details, die ich bisher nicht bemerkt habe, von Schlossberg schauen wir in alle Richtungen, wo sich alle Orte befinden, die wir gemeinsam besucht haben, am Franziskanerplatz trinken wir Kaffee, spazieren entlang des neu gestalteten Murufer bis in den Süden der Stadt. Von der Adria haben wir noch mildes Wetter mitgebracht, in der Herbstsonne verlassen bunte Blätter tanzend die Baumwipfel.

Ich bin nicht,
Und ich bin,
In dem,
Was ich nicht,
Bin,
Ich bin,
Beständig,
Im Unterschied,
Zu allem,
In Gleichheit,
Mit allem,
Ich bin du,
Und wir sind,
Scheinbar,
Nur scheinbar,
Von uns selbst,
Und von der Quelle,
der Allmächtigen,
Wirklichkeit,
Getrennt.

Das Wetter hat sich über Nacht geändert, es ist kälter geworden, Frost ist auf dem Auto und in der Wiese zu sehen, noch ein Grund das Frühstück in die Länge zu ziehen. Deine Anwesenheit in meiner Nähe erfrischt die Umgebung, in der wir leben und uns bewegen, einige neue Wünsche, Perspektiven und die Möglichkeit einiger Veränderungen in der Lebensweise werden offenbart, bei mir mindestens, ich habe mich laut noch nicht geäußert. Ich muss mich gar nicht äußern, weil du schon sagst:

„Wie lange willst du noch so weitermachen?"

„Ich weiß es nicht, es kommt darauf an."

„Wovon hast du Angst, um die Existenz, oder vom Sterben? Das gibt's nicht, das habe ich dir schon einige Male gesagt."

„Ich habe mehr Angst vom Leben, aber ich bin nicht sicher, ob jetzt der richtige Zeitpunkt für Veränderungen ist."

„Das heißt, du möchtest die Materie zu deinen Gunsten ein bisschen verändern, zu lange darfst du nicht warten, wenn du dich nicht veränderst, Verändert sich alles andere.

„Das habe ich schon oft am eigenen Leib erfahren, es gibt noch einige Dinge, die ich in meinem Umfeld klären muss."

„Wie du magst, du weißt, du musst nur einen Zettel schreiben, ich komme gleich."

„Ich möchte, dass du bei mir bleibst."

„Das hängt nicht nur von mir ab, wir sind niemals getrennt, das weißt du auch, außerdem habe ich eine Überraschung für dich."

„Eine Gute oder, eine weniger gute?"

„Ich glaube, sie wird dir große Freude bereiten."

„Kannst du es nicht ein wenig verraten?"

„Nein, sonst wirst du bei der Arbeit keine Ruhe haben, du Arbeitsvieh."

Da muss ich lachen und dich umarmen. Heute fahren wir in die Berge, es gibt etwas, dass du mir zeigen möchtest, du fährst heute, ich bin Beifahrer, wir passieren kleinere Städte und verschlafene Dörfer, irgendwo am Ende der Straße lassen wir Auto stehen und gehen weiter auf einen Forstweg zu Fuß. Nach wenige Minuten bergauf auf dem Waldweg erreichen wir einen Bauernhof, er schaut nicht verlassen aus, es gibt einen Garten, die Wiese ist frisch gemäht, aber keine Maschinen oder Fahrzeuge, alles kommt mir irgendwie bekannt vor und sieht alt aus.

Da ist eine Gabelung, wir nehmen den Forstweg nach rechts, daneben gurgelt ein Bach, nach zwei Kurven erreichen wir eine Lichtung wo man einen Blick über das Tal und die Berge hat, wir genießen entspannt die weite Sicht. Bisher war es windstill, jetzt beginnt eine leichte Brise, nachdem wir uns weiter bergauf bewegen, der Wind wird stärker, Blätter rascheln, Äste quietschen, es schaut nach einem Unwetter aus, obwohl die Sonne scheint.

Du gibst mir ein Zeichen, dass wir umkehren sollen, wir gehen zurück, der Wind lasst nach, unten auf der Gabelung, hört er ganz auf.

„Was war das jetzt?"

„Wir sind nicht willkommen, heute ist Sonntag, der Wald will heute seine Ruhe haben, dass was ich dir zeigen will, liegt auf dieser Seite, versuche es einzuprägen, das wirst du in einer anderen Situation wiederfinden."

Jetzt gehen wir, auf der Gabelung links, direkt in den Wald hinein, nach ca. zweihundert Meter erreichen wir einen Felsvorsprung, wie von Menschenhand gemacht, in der Mitte einen Spalt, wo nur eine Maus durchkommen kann.

„Was soll ich mir hier einprägen?"

„Nur dein Empfinden."

„Was ist hier das Besondere?"

„Jetzt nichts, außer dass es ein guter Platz mit guter Aussicht ist, es kann sein, dass du es später brauchst, weil du noch eine Entscheidung treffen musst."

Ich stelle keine Fragen mehr, ich habe gelernt, dass du nicht immer antworten kannst oder darfst, die Antworten kommen irgendwann, wenn sie an der Reihe sind.

In der Stille versunken versuche ich etwas wahrzunehmen, es gelingt mir nichts, einige abstrakte Bilder oder Vorstellungen schweben im Kopf hin und her, vielleicht kann ich mich später erinnern, um den Wohnraum etwas umgestalten zu können.

Vor Einbruch der Dämmerung gehen wir Hand in Hand zum Auto zurück, unterwegs sammelst du noch einige Kräuter für den Tee am Abend.

Der Herbst schleicht sich,
In die kahlen Vorräume,
Meine rostigen,
Gefühle.
Hinter,
Der verschlossenen Tür,
Glimmt,
Noch eine,
Unvergessliche Liebe,
Verborgen,
Von der Welt,
Verborgen von mir.
Ich öffne heimlich,
Das Schloss,
Die falschen Verbote,
Und lasse,
Die verschlossene,
Leidenschaft,
Frei fliesen,
Um mich dich,
Und alles,
Was im,
Verbotenen glimmt,
In einer,
Unauslöschliche,
Und ewige,
Abhängigkeit,
Voneinander zu entzünden.

In den nächsten Tagen versuchen wir die Geschichte hinter den Fassaden in den belebten Gassen der Stadt zu erfrischen und in den verlassenen Bauten aus Holz, auf unseren Streifzügen in der Steiermark zu entziffern. Meine Gedanken sind unruhig wie ein Bach, fliesen und überlappen sich, auf einer Seite denke ich was für eine Überraschung du für mich hast, auf der anderen, könnte ich so weiter mit dir genießen, zurück ins Arbeitsleben zu gehen ist nicht mehr schmackhaft für mich. Abends lassen wir uns von Stille und Zufriedenheit tragen, ein Leben ohne dich wird schwierig, trotz deiner ständigen Anwesenheit und meiner Zettelwirtschaft. Eigentlich habe ich nichts was ich hier aufgeben sollte, außer Arbeit, Stress und täglichen Ablauf, anderseits, habe ich Bedenken was passiert, wenn ich auf dich höre, alles hinter mir lasse und mit dir zusammen gehe, welche Zauber steckt da hinter, bin ich zu tief hier im Boden vergraben, was ist real, wo steckt die Illusion, jedenfalls bin ich zu diesem Zeitpunkt nirgendwo, zwischen Himmel und Erde, zurückblicken, hat es keinen Sinn mehr, nach vorne trau ich mich nicht ganz zu schauen, alte schmerzhafte Erfahrungen fesseln mich auf der rutschigen Oberfläche, ich kann mein Gleichgewicht noch gerade halten, aber keine großartigen Bewegungen machen.

Die Gedanken verwandeln sich öfter in die Bilder, die mich umkreisen, sodass ich alles weniger schmerzhaft betrachten kann, trockene Gedanken schneiden schärfer in meinen Geist, wozu alles verstehen zu müssen, immer nach etwas zu suchen, Gerechtigkeit, Wahrheit, Liebe, Wissen, es ist schwer alles mit dem Verstand zu erfassen, fühlen soll ich alles, derzeit kann ich nur diese unwirkliche Liebe zur dir fühlen, die jetzt schon eine Form angenommen hat und sie treibt mich in etwas Unbekanntes, dass ich früher körperlich und geistig noch nie wahrgenommen habe.

Sobald du merkst, dass in mir zu viele Fragen purzeln, eine leichte Berührung deiner Hand auf meinem Unterarm, schaltet die Denkmaschinerie aus, führt mich in eine Abhängigkeit von deinen Gefühlen, die eine Verbindung zu Außenwelt kappen, ich sehe nur dein Gesicht, deine Umrisse, die meine Welt dominieren, spüre mehrere Bindungen, die sich von der Vergangenheit, durch die Gegenwart in die Zukunft weben, es bildet sich eine Materie aus farbenfrohen Erlebnissen, die schirmt uns von allen fremden und verhängten Prozessen ab.

Tropfen für Tropfen,
Atme ich,
Den Duft,
Deiner Haare ein,
Damit er niemals,
Aus meiner Erinnerung,
Verschwindet.
Berührung für Berührung,
Spüre ich,
Die Zärtlichkeit,
Deiner Haut,
Bis meine Finger,
In Welle,
Der Hingabe,
Mit deinen verschmelzen.
Funke für Funke,
Meine Gefühle,
Versinkt,
In deinen endlosen Augen,
Und brennt,
In der Flamme,
Der neuen Schöpfung.
Schritt für Schritt,
Tanzen wir,
Im Takt der Liebe,
Während der Wind,
Die Partikel,
Unseres Körpers,
In noch unrealisierte,

Noch undefinierte,
Universen,
Bläst.
Gedanke für Gedanke,
Verlässt,
Das Bewusstsein,
Unseren Geist,
Und erschafft,
Ein Herz,
Einen Körper,
Eine Seele,
Die zur Musik,
Der reine Liebe,
Schwingt.

Mein Urlaub geht langsam zu Ende, es ist Zeit an lästige Aufgaben, an Abschied zu denken, Abschied kann ich nicht wirklich sagen, du kannst nach Belieben auftauchen, trotzdem bin ich etwas nachdenklich, unsicher, was passiert, wenn meine Botschaften nicht ankommen, muss ich nach Passau reisen, um dich zu suchen, vielleicht sollte ich alles stehenlassen und mit dir reisen, egal wohin.

Du hast deinen Koffer gepackt, wir genießen nochmal gemeinsam das Frühstück, besprechen weitere Vorgänge, ich begleite dich bis zum Tor, zum Bahnhof diesmal nicht, du brauchst keine öffentlichen Verkehrsmittel, nur ab und zu, um mit mir gemeinsam zu reisen, du drückst mir einen Kuss auf die Lippen, umarmst mich fest und du bist weg, verschwunden aus meinem Blickwinkel, als wärst du nie da gewesen. Ich versuche ein bisschen in der Wohnung aufzuräumen, es gelingt mir nichts, mein Körper spürt Müdigkeit, ich setze mich auf das Sofa hin, schau um mich herum, suche deine Spuren.

Dort wo die Dichter sind, dort gibt's keine Glücklichen, dort wo die Verse sind, werden Drachen mit unerfüllten Wünschen gefüttert, die in halbbewussten Träumen am Rande der Stille zittern, dort wo die Worte lautlos auf den Wolken schweben und in den Staub getrocknete Erlebnisse, wie ein Sommerschauer prasselt, dort, trauere ich um alles, was ich nicht bin, und schäme mich für alles, was ich bin.

Seltsame Worte fallen mir im Halbschlaf ein, bin ich eingenickt, oder redet mir da jemand etwas ein?

Du bist gegangen. Nicht wirklich, du kannst mich niemals verlassen, ich rieche dein Haar immer noch, im Zimmer tanzt der Schatten von deinen Umrissen, die Vorhänge bewegen sich nach dem du in meinen Geist vorbeigleitest, alle meine Unruhen ertrinken in der Gewissheit, dass du nur durch einen imaginären Schleier vor mir verborgen bleibst, welche Energie, abgesehen von der Musik deines Blickes, kann mich vom Wachzustand zum Träumen tragen, von der Herzlosigkeit zur Liebe, vom statischen Grau zu bunten und bewegten Bildern, dein Lächeln erhebt sich über alle Wolken und bodennahen Nebel, verbrennt die Dunkelheit in der Einsamkeit des Abgrunds, stoppt jeden Absturz, bringt ihn zum Stillstand und im nächsten Moment katapultiert mich in deine Umarmung, in die Schwingung deines Herzens, ohne dich wäre ich wie eine Kleidung, ohne Körper, zerknittert in einem verlassenen Raum.

Du bist gegangen, aber du bist in jedem Bruchteil der Zeit präsent und trotzdem, ich muss gestehen, du fehlst mir wahnsinnig.

Städte und Flüsse

Städte und Flüsse folgen mir neben der Eisenbahn, mein ganzes Leben lang, wie viele andere Menschen auch, der Großteil der Menschheit siedelte sich an den Ufern an, manche in den materiellen, manche in den spirituellen Welten, über die Gründe können wir diskutieren und spekulieren, unser Körper besteht größtenteils aus Wasser, etwa achtzig Prozent, zwanzig Prozent ist heiße Luft, besonderes bei mir in meinem Kopf. Es gibt viele Städte, einige größere und mehrere kleinere Flüsse wo ich gelebt und gewirkt habe, ich habe nur die Orte beschrieben, wo du ein Teil meines Lebens warst, nur einen Abschnitt von gerade Mal drei Jahren, dabei ist Senj die einzige Küstenstadt am Meer, alle anderen Orte befinden sich an irgendeinem Flussufer.

Jetzt schreibe ich über die Städte, wie ich Sie nicht mehr wie früher intensiv erlebe, ich habe mich etwas von der Menschheit entfernt, nur mein Job ist ein Bindeglied, zwischen mir und der sogenannten realen Welt, wo ist die Traumwelt, was ist real, was Utopie, das ist Ansichtssache, die Grenze ist unsichtbar. Eigentlich schreibe ich von dir, von uns, die Städte sind nur eine Bereicherung des Moments, sie machen es einfacher gewisse Gefühle und Erlebnisse zu dokumentieren, ohne sie würden die Erfahrungen im Raum verloren gehen. Städte und Flüsse sind sekundäre Phänomene auf dem Weg mit dir und zu dir.

Die Welt der Städte und Flüsse gleitet am Fenster der Lokomotive vorbei, gleitet in mir vorbei, unsere Welt, die von mir etwas abstrakt beschrieben wurde, wozu sich in den alten Geschichten verlieren, es gibt genug anderen Menschen, die sich da besser vertiefen, als ich, mich interessiert unsere Geschichte, die Entwicklung und Vollendung, ich habe keine Vision wie es weitergeht, ich glaube, sie ist nicht in Stein gemeißelt, sie unterliegt Veränderungen, ich wünsche, alles hinter mir zu lassen und bei dir irgendwo kleben bleiben, nicht mehr zurück in dieses Leben, in kein Leben, nirgendwo außer da wo du bist. Ich habe nur ein Problem, wie kann ich die Vergangenheit hinter mir lassen, ich hoffe, dass du noch ein bisschen Geduld mit mir hast.

Es ist nicht so, dass ich Menschen meide, ich bin nicht grantig, ich bin hilfsbereit, freundlich, ich tratsche gerne, manchmal Belangloses, wahrscheinlich um die eigene Stimme zu hören, aber seit ich dich getroffen habe, ist alles anders, was ich sehen, hören, riechen, schmecken kann, hat nicht so viel Wert für mich, es ist eine Zeit gekommen, wo ich nur deine Nähe, deine Worte, Gedanken, ein Zeichen von dir sehen möchte, manchmal, nur ein Hauch vom Duft deines Körpers, gibt mir eine unbeschreibliche Kraft. Es gibt Augenblicke, wo ich dein Wesen entziffern möchte, ich frage mich, wer du eigentlich bist, deine Rolle in der Gesellschaft kenne ich, aber wer bist du wirklich, wer bist du als unsichtbare, unfassbare Zauberkraft, als unermessliche Liebe, wer hat dich zu mir geschickt, bist du allein gekommen?

Ich habe dich einige Male gefragt, wer bist du, wo kommst du her? Aber du hast mir nie eine eindeutige Antwort gegeben, ich will nicht weiter grübeln, habe Angst, dass ich dich vertreiben könnte, was für ein Mann hätte sich so eine Frau nicht gewünscht die der Verwandlung fähig ist, die über die Magie des Lebens, der Liebe und der Leidenschaft herrscht?

Wie kann ich dich von deiner menschlichen Seite beschreiben, als eine Frau aus Fleisch und Blut? Du kennst Spaß, du schaust nie ernst, auch wenn es um ernste Dinge geht, ich habe im Gegensatz zu mir noch nie erlebt, dass dich etwas aus dem Gleichgewicht bringt, um dich herum breitet sich eine Fröhlichkeit aus, du spricht selten mit Leuten, auch wenn du für alle sichtbar bist, außer, wenn ich nicht weiter weiß, oder wenn jemand unfreundlich ist, deine Worte beruhigen die größte Aggression, ich habe das Gefühl es traut sich niemand dir zu widersprechen.

Ich auch nicht.

Liebste,
Ich werde,
Alle Spiegel,
Entfernen,
Damit du,
Nicht mehr,
Darin verschwindest.
Liebste,
Erfrische,
Mit deinem Atem,
Ein bisschen,
Von diesem,
Körper,
Der in der Erwartung,
Deiner Ankunft
In der Dämmerung,
Des Lebens,
Zittert.
Liebste,
Singe mir,
Etwas vor,
Um diese,
Verlorene Seele,
Im hoffnungslosen,
Zustand,
Zu beruhigen.
Liebste,
Wie kann ich,
Meine Sehnsucht,

Nach deiner Liebe,
Erfühlen,
Während,
In den Wirren,
Des Lebens,
Die Welten,
Zusammenbrechen,
Lebenstropfen,
In Falschen,
Versprechungen,
Und verrückten Ideen,
Zerstreut werden,
Und stürmische,
Erinnerungen,
Schmerzlos,
Unbemerkt,
In der Unendlichkeit,
Verwelken.

Einmal, als wir als Fahrgäste unterwegs gewesen sind, hatte ein Passagier zu randalieren angefangen, ich habe etwas gesucht, dass ich ihm auf dem Kopf schlagen kann und habe meinen großen Schlüsselbund erwischt, du hast mich mit deiner Hand beruhigt, bist aufgestanden, zu ihm gegangen, hast seinen Arm ergriffen, er war erschrocken, im nächsten Moment ist er auf den Sitz gesackt und hat angefangen zu schluchzen, dann hat er sich beruhigt, ist sitzen geblieben, im nächsten Bahnhof ist die Rettung gekommen und sie haben ihn abgeholt.

„Was war das jetzt?", habe ich gefragt.

„Er war besetzt."

„Von wem?"

„Von einem Astral Wesen."

„Und du hast ihn vernichtet?"

„Das kann man nicht vernichten, er hatte die Möglichkeit ins Licht zu gehen, ist aber in sein Schlupfloch gegangen, er wird seine Kräfte sammeln und nach einiger Zeit das nächste Opfer aussuchen, du hättest keine Chance gehabt, die sind, sehr mächtig."

„Was passiert mit dem Mann?"

„Er ist zerbrochen, da kann man nichts mehr reparieren, er war auf dem Weg die absolute Wahrheit zu erfahren."

„Ich habe gedacht, solche Menschen sind besonders geschützt?"

„Ja, in gewissen Dingen schon, solche Attacken sind erlaubt, je näher der Mensch ist, desto heftiger sind die Angriffe.

„Nachdem was ich gesehen habe, werde ich nicht heilig."

„Ich kann nicht sagen, ob du heilig wirst oder nicht, aber du stehst unter besonderem Schutz, es ist dir verliehen worden."

„Was für ein Schutz?"

„Kennst du die Geschichte von Herakles, als er den Löwen umgebracht hat? Der Löwe hatte eine Schutzhaut und Herakles konnte sie nur auf einer Stelle brechen, er hat ihm die Haut abgezogen und hat die Haut statt dem Helm am Kopf getragen, so ein Schutz, wie das Fell des Löwen, hast du auch."

„Ich bin also auch nicht ganz geschützt, die Haut hat eine Schwachstelle?"

„Den restlichen Schutz bekommst du von mir, du könntest dich ruhig etwas mehr für die anderen Menschen einsetzen."

„Aber wie?"

„Das musst du selbst herausfinden, vielleicht mehr schreiben und den Menschen eine Botschaft übermitteln."

„Was kann ich übermitteln?"

„Die Antwort liegt bei dir, dass musst du selbst herausfinden."

„Du traust mir viel zu."

„Ja, ich kenne dich, besser als du selbst, sonst hättest du mich niemals zu Gesicht bekommen", du lachst und küsst mich schnell, bevor hunderte von Fragen aus meinem Kopf geschleudert werden.

In deinem Haus ist alles sauber, mit vielen Kunstwerken, einigen von dir selbst, nicht wie bei mir, ein geordnetes Chaos, du brauchst nie zu lange im Bad vor dem Fortgehen, du machst großartige Mehlspeisen, die du meistens selbst isst, einiges darf ich kosten, du musst einen guten Stoffwechsel haben, die Vernichtung von Süßigkeiten ist bei dir nicht zu merken. Es gibt andere Merkmale oder Eigenschaften, die ich nicht beschreiben kann oder darf, die kann man nicht mit dem irdischen Verstand begreifen.

Wenn zwei Liebende länger zusammen sind, treten langsam Konflikte auf der Oberfläche auf, dass bei uns könnte ich das nicht sagen, ich vermisse dich zu sehr, den einzigen Konflikt habe ich mit mir selbst, weil ich mein altes Leben nicht loslassen kann, manche Partner brauchen ständig einen Kampf und halten so ihre Beziehung aufrecht und frisch. Ich könnte es nicht im wahren Sinne als eine Beziehung nennen, eher eine Art Abhängigkeit von dir, vielleicht ist es diese Sehnsucht, die mich am Leben hält, will ich eigentlich diese Trennung von dir voll erleben, ist es das Wichtigste in einer Liebe?

Wir drücken unsere Gefühle nicht durch Worte aus, sie entspringen aus unseren Bewegungen, Berührungen, unseren Stimmen, deinen geheimnisvollen Blicken, meiner himmlischen Anbetung deines Wesens.

In deiner Abwesenheit, wenn ich etwas zu tun habe, und momentan nicht mit dir Kommunizieren kann, oder an dich denken, werden meine Finger kalt und steif, dann lasse ich alles stehen, nehme etwas zu schreiben, offenbare dir alles, was mich augenblicklich beschäftigt, das bist meistens du, ich suche mein Gesicht in deinen Augen, spüre die Leidenschaft deiner Berührung, die Sanftheit deiner Finger, die Zärtlichkeit deiner Lippen, die Ruhe deiner Stimme, ich erwische mich oft, wie ich das Echo von deinen Schritten in meiner Nähe höre, deine Schritte kann ich unter vielen erkennen, der Geruch deiner Haut ist nicht mit herkömmlichen zu vergleichen, den kann ich um die Ecke riechen, deinen Blick spüre ich sofort hinter meinem Rücken. Ich bin ein Sklave deiner Herrlichkeit, deiner Eleganz, deiner Lieblichkeit, süchtig nach deinen Besuchen und Aufenthalten in meinem bescheidenen Leben.

Überraschung

Die Wochen sind vergangen, mir kommt es vor, als wären es Jahre, die Aufgaben gehen mühsam voran, nach der langen Pause ist es schwierig wieder in der Arbeitswelt Fuß zu fassen, besonderes in der Nacht, ich kann keinen Schlafrhythmus finden. Was uns betrifft, habe ich ständig geistigen Kontakt mit dir, spüre dich in meiner Nähe, aber du bist nicht körperlich sichtbar, greifbar, in meinen Gedanken erinnere mich an all die Momente, die wir gemeinsam auf den Reisen verbracht haben. In den Wellen wechseln sich in mir Ekstase des Dich-Erlebens mit dem Trennungsschmerz ab, Glücksgefühle mit Freudentränen, die sich mit Leidenstränen abwechseln, weil ich dich körperlich nicht fassen kann. In den nächsten Monaten gelingt es mir nicht immer, auf das Schreiben den Fokus zu legen, außer Liebesbotschaften an dich zu schreiben und zu lesen. Draußen, wenn man es mit den früheren Leben vergleicht, herrscht eine Chaos, Kriege, Terror, schwere Erdbeben, Überschwemmungen, viele Küstenregionen stehen unter Wasser, die Arbeit kommt manchmal zum Erliegen, wenig Handel, keine Aufträge, die Züge stehen still, die Menschheit will sich unbedingt in die Geschichte verabschieden. Ich suche mir Ablenkung irgendwo anders, versuche mein Grundstück im Ausland brauchbar zu machen, mache mich auf den Weg in die Natur, liebende Gartenfreunde zu finden, die auf Lebenszeit, das Land bewirtschaften und dort wohnen möchten. Ein paar habe ich schon gefunden, es ist viel Stress dabei die Reisen, Unterkünften und die ganze Logistik zu organisieren. Ich hoffe, dass die Menschen harmonieren, einige wollen sesshaft bleiben, andere pendeln hin und her, manche leben in verschiedenen Gemeinschaften, im Sommer wollen alle am Land leben, im Winter ist es etwas ruhiger, für die

Menschen, die in der Stadt aufgewachsen sind, es ist eine gemächliche, aber auch raue Zeit, man muss selbst für Brennholz sorgen, ich bin gespannt, ob mein Experiment gelingt. Irgendwann könnte ich mich hierher mit dir zurückziehen, es ist eine Option, jetzt kann ich mich an die Vision erinnern, die du mir im Herbst gezeigt hast, aber ich habe eine Vorahnung, dass du dir mit mir ein gemeinsames Dasein irgendwo anders vorgestellt hast.

Auf der anderen Seite ist ein Freund von mir, der geschäftlich als Katastrophen Manager unterwegs ist, er hat mir sein Anwesen zu Betreuung anvertraut, das ist seine Erbschaft, eine Stunde von mir entfernt, er ist selten da, ein Stadtmensch, bei seinen wenigen Aufenthalten zu Hause, bleibt er lieber in der Wohnung, in dieser Zeit der Katastrophen, geht ihm die Arbeit nicht aus, ich überlege, ob ich zum Anwesen hinziehen soll, aber warte bis wir uns sehen. Du hast gesagt, dass du etwas zu tun hast, es wird einige Monate dauern, dann kommst du wieder, ich soll nicht verzweifeln, ich muss es akzeptieren, alles andere wäre sinnlos.

Deine Botschaften, Ermutigungen, liebevollen Worte kommen regelmäßig, erleichtern meine Einsamkeit, ich arbeite sporadisch an drei Manuskripten, spiele mit meinen zwei Katzen, die in deiner Abwesenheit, näher an mich rücken und kuscheln und höre klassische Musik.

Manchmal träume ich mit offenen Augen, wie ich mit dir Walzer tanze und dein Gesicht sich zu Tausenden vervielfacht, wir schweben auf den Wellen aus deinen Gesichtern, dein Lächeln erhellt den ganzen Raum um uns herum. In den Gedanken reise ich mit dir gemeinsam, zu allen Orten, die wir noch nie besucht haben. Ich glaube, du hast andere Pläne, jedenfalls habe ich so ein Gefühl. Und was ist mit der Überraschung, was für eine Überraschung hast du für mich, du hast mir eine versprochen, wenn ich mich erinnern kann? Wir tauschen täglich

Nachrichten und Liebesversprechungen aus, ich freue mich jedes Mal wie ein kleines Kind, wenn es einen Lutscher bekommt, dann tanze ich und hüpfe in der Wohnung, die Katzen beobachten mich, was Sie dabei empfinden, kann ich nicht beurteilen.

Mittlerweile ist der Spätsommer in den Herbst übergegangen, ohne dass sich das Wetter und die Temperaturen geändert haben, ich denke mit Sehnsucht an unseren Urlaub in Senj, an die Spaziergänge in Graz und in der Steiermark zurück. Meinen Job habe ich quittiert, es gibt kaum Verkehr, tagelang unbezahlte Bereitschaft, seit du weg bist, bedeutet mir Eisenbahn gar nichts mehr, es ist mühsam in Passau zu verweilen, ohne dich zu sehen, vergeblich deinen Schatten unter den Menschen am Ufer des Bodensees zu suchen, über der Salzach auf das andere Ufer zu blicken, ob du irgendwo auf der Bank bist. Eine kleine unerwartete Erbschaft und jahrelang erspartes Geld, lassen mich und die Katzen gut leben, trotz Krise da draußen, außerdem, bekomme ich noch Geld für die Betreuung vom Anwesen, mein Konsumverhalten ist sehr überschaubar, außer für die Reisen zu Gartenfreunden, die auf meinem Grund leben, einige Anschaffungen und Katzenfutter, habe ich kaum Ausgaben.

Eines Morgens, nachdem ich die Katzen gefüttert habe, überlege ich was ich tun soll, ein bisschen schreiben, oder spazieren gehen, bis zur nächsten Katzenmahlzeit, meine Katzen essen dreimal am Tag, ich brauche keine Uhr, die kommen punktgenau betteln, eine sitzt neben der Futterstelle, die andere neben mir am Tisch, sie schaut mir in die Augen und hypnotisiert mich. Ich wollte dir gerade eine Nachricht senden, aber du bist schneller, auf dem Zettel taucht deine Botschaft auf, die lautet: „Ich komme am Samstag."

Zuerst kann ich es nicht fassen, dann springe ich vor lauter Freude, dass sich die Katzen schrecken und in verschiedene Richtungen weglaufen, am Laptop spielt gerade Musik, ich schreie bis zum Himmel, schau um mich herum, die Wohnung sieht ein wenig chaotisch aus, ich muss da aufräumen, weiß nicht, wo ich zuerst beginnen soll, einmal da, dann wieder anderswo, es gelingt mir nicht, ich kann es nicht fassen, dass du kommst, ich setzte mich vorerst hin, mein Herz beschleunigt, im Kopf ist ein Gewitter, ein Plan muss her, ich brauche einen Plan, nein, ich brauche eine Reinigungskraft. So geht der ganz Vormittag vorbei, hin und her, die Katzen schauen mich verwirrt an, wahrscheinlich sehe ich wie ein Verwirrter aus.

Die Katzen erden und beruhigen mich, es ist zwölf Uhr dreißig, Futterzeit, die sind gnadenlos, ich muss lachen, das entspannt mich ein bisschen, nach der Fütterung erreiche ich am Telefon eine Bekannte, die hilft mir morgen beim Aufräumen. Rest des Tages verbringe ich beim Singen, Tanzen, herumgeistern, viel anfangen und nichts vollenden, ich bin ein Mann der für alles zu haben aber für nichts zu gebrauchen ist in diesem Zustand, heute ist Donnerstag, also bis Samstag habe ich ein bisschen Zeit, trotzdem, wegen der großen Freude schlafe ich spät ein.

Am nächsten Vormittag, trifft meine Bekannte ein, wir haben uns seit Monaten nicht gesehen, es gibt's einiges zu erzählen, bevor wir ausmisten, ich erzähle nicht von dir, sie würde es ohnehin nicht glauben, ich sage, meine Schwester kommt zu Besuch, aber sie glaubt es mir nicht. Ich bürste zuerst die Katzen, überall fliegen die Katzenhaare herum. Erst Nachmittag ist die mühsame Arbeit fertig, ich habe die Bude in den letzten Monaten nur oberflächlich gereinigt, jetzt habe ich in jede Ecke geschaut, Bilderrahmen abgestaubt, die Spinnweben habe ich früher gar nicht bemerkt, Fenster habe ich heuer nur einmal geputzt. Außer Gebäck und einigen Milchprodukten, ich bin ein Rohkost-Genießer, kann ich meiner Gehilfin nichts anbieten, deswegen fahren wir nach der schweren Arbeit, zum Buschenschank, mittlerweile gibt's da auch einige vegane Mahlzeiten zu verzehren, es ist noch eine Gelegenheit Tratsch auszutauschen, über Freund und Feind herzuziehen, ich weiß nicht viel was Draußen passiert, aber meine Bekannte ist voll involviert, vom fernen Osten, bis zum mittleren Westen.

Am Abend, zu Hause bürste ich nochmals die Katzen, die lassen es gern über sich ergehen, es ist eine neue Bürste, meine beiden Räuber genießen die Massage, die wundern sich wahrscheinlich, warum ich es öfter als einmal die Woche mache. Diesmal gehe ich früher schlafen, die Katzen wecken mich um fünf Uhr früh, sie haben Hunger, nachdem Sie ihren Bedarf nach Nahrung gestillt haben, muss ich mit beiden spielen, dann kontrolliere ich die Bilderrahmen und die Türoberkante auf Spuren vom Staub

Du hast nicht geschrieben, wann du am Samstag kommst, es ist egal, ich warte seit Monaten auf deine Ankunft, oft schaue ich beim Fenster raus, jedes Mal, wenn jemand beim Haustor reinkommt, denke ich, du bist es, schon wieder nicht, Geduld, du kommst schon. Irgendwann habe ich mich hingesetzt und Ruhe gefunden, ich glaube, dass ich eingeschlafen bin, im Traum höre ich die Glocke läuten, dann bin ich wach geworden, es war wirklich die Glocke, ich habe mich im Stiegenhaus hinuntergestürzt, die Katzen haben sich wieder erschreckt und versteckt, eine unterm Bett, die andere am Schrank, ich mache die Tür auf, niemand da, nur eine große Reisetasche und ein Koffer, steht vor der Tür, ich denke, du hast dich versteckt, schaue um die Hausecke, niemand da, ich gehe zum Haustor, auf die Straße, auch dort ist kein Mensch. Ich weiß, du kannst dich unsichtbar machen und rufe einige Male deinen Namen, keine Antwort. Vielleicht bist du in der Wohnung, es ist ein Versteckspiel, ich nehme den Koffer und die Tasche in die Wohnung mit, da bist du auch nicht, ich schau in jedem Zimmer nach, keine Spur, gehe nochmals zum Eingang. Wo hast du dich versteckt?

Auf der Tasche liegt ein Kuvert, die Katzen sind schon da und versuchen damit zu spielen, in reiße es auf und beginne zu lesen:

„Mein Liebster, Atma Dehe Asmin, bevor du die Tasche aufmachst, setze dich hin, atme einige Male tief durch, dann mache erst die Tasche auf."

Ich befolge alles, wie du geschrieben hast, mache vorsichtig die Tasche auf, was schlummert da drinnen, ich kann es meinen Augen nicht glauben, da liegt ein einjähriges, oder eineinhalb Jahre altes Kind und schläft seelenruhig, was ist da los, bin ich, verrückt geworden, ich gebe mir selbst eine Ohrfeige, um festzustellen, dass es kein Traum ist, es tut weh, doch es ist wahr, ich greife zum Brief und lese weiter auf der anderen Seite;

„Das ist dein Sohn, sein Name ist Arjuna, wie Arjuna aus Mahabharata, dein Lieblingsprinz."

Ich spüre wie meine Finger plötzlich, kalt werden, es drückt etwas auf meinen Brustkorb und ich falle in die Ohnmacht, träume etwas, ich kann mich nicht mehr erinnern was, aber es ist wunderschön, ich möchte, dass es nie aufhört, dann fühle ich wie mein Körper schwer wird, etwas Unangenehmes strömt hindurch, etwas stört, egal was es ist, es soll mich in Ruhe lassen, denke ich, dann spüre ich wieder eine Ohrfeige und werde wach. Ich bin wach, niemand ist da, wer hat mich geohrfeigt? Nur die Katzen schauen auf das Kind im Korb, so etwas haben Sie noch nie im Leben gesehen, ich suche in allen Räumen, niemand da, aber die Ohrfeige brennt noch auf der Wange. Ich nehme den Brief in die Hand und lese weiter;

„Es tut mir leid mein Liebster wegen deiner Schmerzen, das war ich, ich musste dich irgendwie aufwecken, ich hoffe, du verzeihst mir, ich

habe deine Reaktion vorhergesehen, deswegen steht schon alles im Brief drinnen, bitte lies weiter, bevor du etwas anderes tust. Der Arjuna schläft noch einige Zeit. "

Ich werfe einen Blick auf den Jungen, er schläft weiter, die Katzen weichen nicht von seinem Kopf, im Brief geht die Anweisung weiter;

„ Im Koffer ist seine Kleidung und Spielsachen, keine Angst und kein Stress, es ist alles einfach. "

Einfacher wäre, wenn du da bist, denke ich und wo bist du?

„ Ich bin da, wo ich im Moment sein muss, lass dir alles erklären. Ich kann es nicht in dieser Welt dauernd verweilen, so wie du, ich habe auch karmische Verbindungen, die ich als Lernprozess bewältigen muss, die Beziehung zu dir sollte nicht von Dauer sein, es hat sich einfach so ergeben, aus Spaß ist eine tiefe Abhängigkeit geworden, am Anfang wollte ich es nicht wahrhaben, aber deine Hilflosigkeit und Hingabe hat mich überwältigt, du hast mir Emotionen beschrieben und offenbart die ich auf keiner anderen Ebene erlebt habe, es ist nicht das erste Mal, seit Inkarnationen tust du das Gleiche, es ist beeindruckend, wie du das immer wieder schaffst, wie ich schon einmal erwähnt habe, du vergisst alles, in jedem Leben geht es vor vorne los, wir schauen nur anders aus, haben andere Erlebnisse, aber deine Liebe zu mir ist immer aus nichts auferstanden, diesmal, in diesem Leben, sollten wir auf die körperliche Verbindung verzichten und Lust in die bedingungslose Liebe zum Schöpfer verwandeln, ich sollte dich dabei unterstützen, das wäre die letzte Prüfung, verzeih mir, ich habe es nicht geschafft. "

Da rollen mir Tränen aus den Augen, es ist alles verschwommen, ich muss aufhören, ich schau auf den kleinen, er schläft weiter, die Katzen neben ihm, ich nehme die Reisetasche und stelle sie auf das Bett hin, die Katzen folgen uns und nehmen als Wache wieder die gleiche Position neben seinem Kopf auf beiden Seiten von der Tasche ein, ich habe

mich ein bisschen beruhigt, lege mich auch auf das Bett hin und lese
weiter;

*„Ich habe die Kontrolle verloren, in deinem Herz, habe ich drei uner-
füllte Wünsche gefunden, einen kann ich dir nicht mehr erfühlen, das
wäre, wenn die Zeit kommt, deine letzte von allen Reisen, zum Ursprung, in die Welt, aus welcher wir alle stammen, zum Schöpfer anzutreten und nie mehr zurück in die materielle und keine andere Welt
inkarnieren zu müssen. Zweiter Wunsch, dein Buch über dein Leben,
über uns und unseren Reisen, unsere Liebe, zu vollenden, willst du dir
selbst erfüllen. Den dritten Wunsch, einen Sohn zu bekommen, habe ich
dir erfüllt, diesen Wünsch hast du nie aufgegeben, manchmal hast du
gedacht, er wird nie in Erfüllung gehen, nicht in diesem Leben. Das
haben wir gemeinsam geschafft, in keinen vorherigen Inkarnationen
haben wir Kinder gehabt, das war auch mein innigster Wunsch, einen
Sohn mit dir, das habe ich in dem Augenblick gewusst, wo wir uns das
erste Mal am Donauufer in Passau getroffen haben. Endergebnis von
allen unseren Ereignissen ist, es ist mir nicht mehr gestattet dich zu
sehen, nicht in dieser Dimension, oder dieser Welt.*

*Du wirst mich vergeblich suchen, quäle dich nicht, da wo du mich
suchst, kannst du mich nicht mehr finden, nur in deinem Herz, es gibt
noch Möglichkeiten, die ich dir nicht verraten darf, vielleicht schaffst
du es, ich wünsche es mir, ich wünsche es dir aus meiner Seele. Du
kannst mir schreiben, wie immer, ich bekomme deine Botschaften im
selben Moment wo du sie schon aufgeschrieben hast, ich werde dir
nicht mehr zurückschreiben, leider kann ich mich auch nicht zeigen,
nicht zu dir kommen, ich darf es nicht, ich bin immer in Gedanken bei
dir und unserem Sohn, nur ihr werdet mich nicht sehen, nicht spüren,
ich sehe alles, wie wenn ihr vor mir steht.*

Der Schwerpunkt in deinen Leben bin nicht mehr ich, jetzt ist es Arjuna, genieße die Vaterfreude, spiele mit ihm, du hast nicht ewig Zeit, schreibe dein Buch fertig, erledige alles, was du tun musst.

Ich muss dir einiges über Arjuna erzählen, ich bin noch einige Zeit bei euch damit du nicht überfordert bist. "

Das bin ich jetzt schon, fällt mir ein, die ganze Welt schaut mir jetzt wie eine düstere Wüste aus.

„Nein, du bist nicht überfordert, schau dir deinen Jungen an, siehst du wie er im Schlaf strahlt, er hat deinen Mund und deine Wangen, meine Nase und die Haare, jetzt hat er schon fast so viele Haare wie du, die Welt ist wunderschön, wenn du sie so betrachtest.

Arjuna ist kein gewöhnlicher Junge, obwohl er so aussieht, unterliegt er keinen Gesetzten der Materie, braucht weder feste Nahrung noch etwas zu trinken, er hat es schon mit der Muttermilch bekommen, alles, was er braucht, er kann schon essen und trinken, aber ich denke, dass du dann Windeln brauchst. Seine magischen Kräfte sind stark, mächtiger als meine, er kann sich und dich unsichtbar machen, er wird es tun, wenn irgendeine Situation vorkommt, um nicht aufzufallen, wenn Leute verdächtig werden, du kannst ihn mit anderen Kindern spielen lassen, seine Anziehung wirkt auf Menschen und auf Tiere gleichermaßen, du brauchst ihn nirgends anmelden, er unterliegt keinen menschlichen Gesetzten.

Arjuna ist schon ein Krieger, aber nicht wie sein Namensvetter, mit Pfeil und Bogen, er wird die Menschen führen, aber nicht alle, ein großer Teil der Menschheit hat sich schon aufgegeben, stillschweigend alles akzeptiert, nur diejenigen die Materie anerkennen wie sie ist und nicht steuern wollen, alles mit gleichen Augen sehen, die absolute Wahrheit suchen, können einen Teil vom Karma abgeben.

Aber ich bin nicht mehr jung, wie kann ich ihn großziehen?

„Du warst, wir waren nicht jung, als wir ihn gezeugt haben, und trotzdem hast du es geschafft, es gibt keine alte und junge Seele, die Seele ist ewig, unzerstörbar, wenn die Zeit kommt, dass du auf die Suche nach mir gehst, deine Tochter wird die Obhut übernehmen, sie wird sich freuen, immer hat sie sich einen kleinen Bruder gewünscht, beide werden sich fabelhaft ergänzen, er hat eine magische Kraft, unbegrenzte Liebe, sie ist kreativ, von ihm wird sie lernen, dass die Geschichte der Menschheit viel weiter von Uruk und Gilgamesch reicht. Du kannst ihr ruhig von mir erzählen, sie wird es am Anfang nicht glauben, erst später, wenn sie merkt, wer Arjuna ist und was er alles kann, wird sie glauben und auf die Spurensuche von uns gehen, am Anfang wird sie denken, Arjuna ist das Ergebnis einer heimlichen Liebschaft und die Mutter hat ihn bei dir abgestellt.

Das ist nicht unkorrekt, was meinst du?"

Da kann ich mir ein Lächeln nicht verkneifen, du bist meine heimliche Liebschaft, niemand hat etwas gewusst.

„Ich schlage vor, du machst den Koffer auf und verstaust seine Sachen in dem Schrank, dann versuche ein bisschen zu schlafen, es war für heute genug Aufregung da, wenn Arjuna munter ist, musst du dich mit ihm beschäftigen."

Ich tue was du mir gesagt hast, du bist hilfreich mit Anweisungen, die telepathisch oder in Textform auf das Papier kommen, sehen kann ich dich nicht aber im Raum fühlen, wie wenn du körperlich anwesend wärst, nachdem ich alles erledigt habe, lege mich neben den Jungen hin, ich bilde mir ein, einen Kuss auf der Wange zu spüren, es scheint alles unwirklich, so ein Drehbuch habe ich nicht erwartet, ich kann es nur akzeptieren, jetzt habe eine Aufgabe, denke nach, wie soll ich den Jungen erziehen, was kann ich ihm beibringen?

„Du sollst nur die Vaterrolle spielen, sonst nichts und beobachten, wie es sich anfühlt, du hast es schon vergessen, für dich ist es die letzte Vaterschaft in diesem Leben, entspanne dich und genieße es, ich werde euch beobachten, wenn du nicht weiß was zu tun ist, Arjuna weiß es schon."

Ich akzeptiere es, lege mich neben Jungen hin, überlege kurz, ob ich ihn aus der Tasche nehmen soll, es ist keine gute Idee, vielleicht wird er gleich munter und beginnt zu weinen, ich liege daneben, eine Katze zwischen uns, ich beobachte ihn, seine Atmung, er hat einen Geruch wie du, eine Freude fühle ich in der Brust, ein stolzer Vater beobachtet seinen Spross und schläft dabei ein.

Es weckt mich eine Berührung im Gesicht, jemand zieht an meinen Lippen, ich mache die Augen auf, Arjuna, tastet, ob meine Haut widerstandsfähig ist, aus der Tasche ist er herausgeklettert, Katzen beobachten aufmerksam, was er macht, jetzt zieht er auf meine Nase, spricht etwas in seiner Babysprache, dann setzt sich mit seinem nackten Popo genau mir auf Gesicht, ich kann nicht einmal protestieren. Ich kann mir vorstellen, wie du jetzt lachst, ich nehme ihn runter, stehe auf, er hebt gleich die Arme, möchte getragen werden, so viel verstehe ich schon, ich trage ihn im ganzen Haus herum, wir müssen jede Ecke anschauen, jeden Schrank und Kommode aufmachen, bei manchen macht er selbst die Inventur, zieht die Sachen raus, die Katzen leisten ihm Gesellschaft er will das Katzenfutter in den Mund nehmen, ich lasse es nicht zu. Das ganze Aufräumen gestern war umsonst, aber ich genieße es und beobachte ihn mit Vergnügen, ich habe eine Decke auf den Boden ausgebreitet, seine Spielsachen hingelegt, es ist uninteressant, meinen Eisenbahner Rucksack hat er begutachtet, er hat die Sachen rausgeschmissen, jetzt tut er seine Spielsachen rein, hoffentlich hat er keine Absicht, Lokführer zu werden. Das Haus ist dunkel, die Fenster sind Richtung Norden und Westen eingebaut, aber Arjuna hat alle Räume erhellt und das ist keine künstliche Beleuchtung, die wir von den Lampen kennen, es ein warmes, schattenfreies Licht, ich habe kein Licht eingeschaltet.

Beide Katzen haben auf das Futter vergessen und folgen Arjuna überall hin und helfen ihm bei der Entdeckungsreise, ich muss zwischendurch intervenieren, Süßigkeiten hat er in der Kommode entdeckt, versucht alles in den Mund zu stopfen, ich muss morgen Windel besorgen, wenn er etwas essen will, für alle Fälle, was soll ich ihm anbieten?

„Gar nichts", schreibst du auf einem Zettel, *„Er will nur mit dir spielen.* " Arjuna kann schon wackelig gehen, manchmal krabbelt er vorwärts und rückwärts, so geht es hin und her bis zum Abend, irgendwann nimmt er seinen Schnuller der um den Hals hängt, steckt ihn in dem Mund rein, und zeigt, dass er getragen werden möchte, in meinen Armen, legt er seinen Kopf auf meine Schulter, ab und zu zeigt er mit der Hand die Richtung wohin wir gehen sollen, und lutscht mit Vergnügen auf seinem Schnuller, ich merke, dass er müde wirkt, ich lege ihn aufs Bett hin, die Decke schiebt er zur Seite. Nach wenigen Minuten ist Arjuna im Land der Träume, ich muss den Katzen frisches Wasser und Futter geben, die waren heute überhaupt nicht anspruchsvoll, danach brauche ich einige Zeit, um wieder alles zu verstauen, bevor ich schlafen gehe. Auf dem Bett, neben Arjuna, haben sich die Katzen ausgebreitet, mir bleibt nur ein schmaler Streifen am Bettrand.

In der Nacht bin ich vor den Katzen munter, was ein Wunder ist, es ist vier Uhr früh, beide liegen neben Arjuna, eine Katze schnarcht, die andere träumt etwas, Arjuna schläft auf der Seite, ich ziehe die Decke über den kleinen Körper und höre sein ruhiges Atmen, dann stehe ich langsam auf, gehe raus und suche in seinen Sachen, was er anziehen soll, Utensilien für sein Bad und die restlichen Sachen.

„Guten Morgen, du brauchst eine Badewanne für den Kleinen, deine ist zu groß", steht auf einem Zettel, *„Am besten rufe deine Tochter an, sie wird dir heute und in den nächsten Tagen helfen."*

„Danke Liebling", denke ich und bereite Futter für die Katzen vor. Nach dem Fressen machen sie die Morgentoilette und gehen wieder in das Bett zu Arjuna, heute gibt's kein Rennen in der Wohnung. Ich setze mich hin, bin immer noch müde, ich muss erstmal alles verdauen was gestern passiert ist, schreibe eine Nachricht an meine Tochter, sie soll, wenn sie munter, ist zu mir kommen, ich brauche Hilfe, unbedingt.

„Was soll ich jetzt tun, wie soll ich es tun?"

Mit dem habe ich nicht gerechnet, dass ein Kind in meinem Leben auftaucht, habe ich etwas falsch gemacht, wahrscheinlich alles, auf der anderen Seite, ich habe große Freude das, der kleine da ist. Ist er so pflegeleicht wie du sagst, wie soll ich ihn etwas lernen?

„Gar nicht, er hat schon Wissen, er lernt vom Wind, von der Luft, Natur, Tieren und Pflanzen, von den Menschen kaum etwas, er braucht keine Wissenschaft, sein Wissen entsperrt sich nach und nach, mit dem Erwachsenwerden."

„Das ist gut, vielleicht kann er mich lehren, wie ich zu dir finde. Ich suche einige wenige Fotos am Luziferfone, dass ich von dir habe, ich muss einige ausarbeiten, eines Tages will ich ihm zeigen können, wie seine Mama aussieht."

„Er weiß, wie ich aussehe, das ist eher für dich, dass du mich nicht vergisst."

Wie kann ich dich vergessen, spätestens seit gestern, kann ich dich niemals vergessen, das ist wirklich eine großartige Überraschung, ich weiß nicht, wie ich alles meiner Tochter erklären kann. Die Tochter meldet sich, sie kommt und nimmt etwas für das Frühstück mit, wir werden gemeinsam frühstücken.

Ich mache einen Kontrollgang in das Schlafzimmer, Arjuna schläft noch, die Katzen liegen weiter neben ihm.

Meine Tochter ist da, wir frühstücken gemeinsam, erzählen uns Neuigkeiten, ich warte bis nach dem Frühstück mit der größten Neuigkeit, ich werde es probieren kurz zusammenzufassen.

Ich sage, dass sie einen Bruder bekommen hat, sie glaubt es nicht, meint, es ist ein Scherz, ist schockiert, meint, dass sie einen Schnaps braucht. Ich erzähle von dir, das glaubt sie noch weniger, meint, es ist eine heimliche Liebschaft und das sind die Früchte davon, ich führe sie ins Zimmer, da steht sie noch mehr unter Schock, ich führe sie heraus wieder zum Frühstückstisch, dass wir alles besprechen können. Wir machen eine Einkaufsliste, ich schicke sie fort, draußen schüttelt sie den Kopf, sie kann es immer noch nicht fassen.

Nach einiger Zeit kommt sie zurück, Arjuna ist schon wach, sitzt am Boden mit den Katzen, von Spielsachen und einigen Büchern umkreist, die er aus dem Regal gezogen hat. Sofort hebt er seine Arme, sie nimmt ihn hoch, er tastet in ihrem Gesicht, beide haben den gleichen Mund, sie muss ihn überall tragen, wieder auf der Entdeckungstour, im Haus, verfolgt von mir und von den Katzen.

Nachdem er eingeschlafen ist, sitzen wir noch länger, besprechen, wie wir alles organisieren, Lucia ist immer noch geschockt, nicht wegen Arjuna, deswegen, weil ich sie nicht schon früher vorbereitet habe. Sie geht nach Hause, morgen kommt sie wieder, ich schau, dass ich eine Ecke im Bett ergattern kann, Arjuna liegt ruhig, aber die Katzen haben sich über die ganze Länge ausgebreitet.

„Du siehst, so einfach ist es, Bussi für gute Nacht", steht auf einem Zettel.

Gute Nacht, Tilottama, denke ich.

Wo habe ich dich verloren, in welchem Traum, sollen nur Erinnerungen an das lachende Gesicht bleiben?

In der Dämmerung gleitet mein Blick im Raum, sucht vergeblich nach deinem Schatten hinter den Vorhängen, erwartet ein Windhauch auf meinem Gesicht, ich verschlinge die Dunkelheit, damit sie nicht deine Spuren in meinem Herzen verwischt, ich gieße das Feuer der Erfahrung mit der Liebe, damit es nie aufhört in der Struktur meines Bewusstseins zu glühen. Die Trennung, der Schmerz, der in mir geboren wird, ich darf nicht zulassen, dass er stärker ist als die Liebe zu dir, liebe mich, wo auch immer du bist, ich liebe dich jetzt, verlass mich niemals, bitte.

Was für ein Spiel ist es, wer spielt mit uns, wer hat die Regeln geschrieben, Sie sind grausam, hole uns hier raus Tilottama, hole uns von hier raus. Augen, die Gedanken werden immer träge, mit dem Blick auf unseren Jungen, schlafe ich ein.

Tilottama

Die nächsten und nachfolgenden Tage vergehen wie im Flug. Die Gegend und die Spielplätze werden erkundet, einkaufen, was wir glauben, dass der Kleine braucht, Lucia hat einige Kleidungsstücke in gleicher Farbe für sich und Arjuna gekauft, als Partnerlook, Menschen um uns glauben, dass sie die Mutter ist, ich schaue eher als Opa aus. Ich versuche einen Vergleich zwischen Arjuna und Lucia zu ziehen, mit dem Alter ist es nicht so einfach, beide haben gewisse Ähnlichkeiten im Gesicht, Finger, Lächeln, Neugier, Kreativität, ich kann mir vorstellen, dass beide als Geschwister gut harmonieren werden, trotz des Altersunterschiedes.

Ich erinnere mich an Lucia in diesem Alter, ich habe immer vor dem Schlafen gehen verschiedene Geschichten vorgelesen. Ich lese Märchen, ich weiß nicht wie viel Arjuna davon versteht, aber steige dann auf Mahabharata und Ramayana um, er hört aufmerksam zu, seine Augen glänzen, der Schnuller arbeitet synchron in seinem Mund, seine Hand hält er auf dem Buch, wenn ich merke, dass die Hand weg ist, werfe ich einen Blick auf ihn, da schläft er schon. Ich erinnere mich, Lucia war drei oder vier Jahre alt, sie wollte immer vor dem Schlafen eine Geschichte hören, ich war ständig müde, vom Beruf, nach zwei Seiten habe ich schon geschaut, ob sie schläft, sie war hartnäckig, oft bin ich vorher eingeschlafen, einmal hat sie mir mit dem Buch auf den Kopf geschlagen und gesagt; „Vorlesen!"

„Schlafen", habe ich geantwortet.

„Vorlesen", sie hat nicht aufgegeben. Ich kann mir das Lachen nicht verkneifen, wenn ich an diese Zeiten denke. Arjuna ist noch nicht so weit, ich hoffe, dass er zärtlicher als seine Schwester wird. In der Stadt an verschiedenen Spielplätzen, zieht er die Kinder und die Mütter wie ein Magnet an, auch die Kinder die unruhig, aufgedreht sind, spielen mit ihm, ältere Kinder auch. Alle denken, dass ich der Opa bin, ich lasse Sie in dem Glauben leben, manchmal kommt Lucia vorbei. Ich sage, dass die Mama arbeitet, wir wechseln oft den Spielplatz, um Lügen zu vermeiden, er trägt keine Windeln, ich habe nur eine Wasserflasche als Alibi mit, so muss ich keine Geschichten, die nicht wahr sind, erzählen, außer flüchtige Bekanntschaften, haben wir keine Kontakte. Mütter sind nicht so neugierig, aber die Omas, ich schaue zuerst, ob die Luft am Spielort rein ist, wenn nicht, ergreifen wir zwei die Flucht.

Wenn du alles sehen kannst, dann siehst du, dass der Kleine uns viel Freude bereitet, wir bemühen uns alle seine Wünsche abzulesen und zu erfüllen, Lucia arbeitet von zu Hause aus, ich auch, ab und zu schreibe ich Kunstkritik für Bilder und Zeichnungen, wir teilen uns Arjuna, oft sind wir gemeinsam mit ihm unterwegs. Er spricht einige Wörter, die wir nicht verstehen, aber versuchen zu entziffern, was er meint, wir nehmen ihn auf die Reise zum Anwesen mit, Lucia passt auf ihn auf, während ich den Rasen mähe oder etwas reparieren muss. Wie jedes Kind versucht er alles zu erkunden und nachzumachen, wenn er besser laufen kann, werde ich einen Spielzeug Rasenmäher kaufen, den er in der Wiese schieben kann.

Du meldest dich nicht mehr, ab und zu streckt Arjuna seine Arme ins Leere, sodass ich glaube, er hat dich erblickt, aber es ist nur kurz, ich kann nichts entdecken, ich habe probiert einige Botschaften zu dir zu senden, ergebnislos, die Antworten kommen nicht retour. Wenn ich irgendwo in der Passage, die Walzermusik von den Straßenmusikanten höre, überwältigt mich etwas in meinem Herzen, dann tanze ich in den Gedanken mit dir, das heiße Zittern meines Körpers, schwingt mich, in die Vororte des Paradieses, beleuchtet von der Fröhlichkeit deines Gesichtes und deines Lächelns, tauche ich in dein Licht ein, erfrische diese Abhängigkeit, von dir, wenn die Musik aufhört, falle ich in diese Materie, das sich Körper nennt und zerreiße mein Inneres mit den Schmerzen des Abschiedes und der Trennung.

Wir beschließen eine Reise ins Ausland zum Grund, wo die Gartenfreunde leben, zu machen, Arjuna nehmen wir mit und den Hund von Lucia, die Katzen bleiben zu Hause, eine Nachbarin schaut auf sie. Ich möchte mir ein Bild machen, wie die Gemeinschaft funktioniert auf dem Ort des Geschehens.

Was wir vor Ort finden, ist eine kleine offene Gruppe von Selbstversorgern die gut miteinander harmonieren, obwohl Sie verschiedenen religiösen Richtungen, oder verschiedenen Sampradaya gehören. Das sind die Menschen von verschiedenen Berufen, Alters, einige habe ich von früher gekannt, anderen erst hier kennengelernt. Arjuna zieht sofort Aufmerksamkeit auf sich, er muss alles erkunden und überprüfen, ich erkläre, dass er keine feste Nahrung konsumiert, Einsiedler brauchen ihm nichts zu essen geben, alle haben schon von Lichtnahrung gehört, fragen nicht viel, ich gestehe, dass er mein Sohn ist und nicht von Lucia, verschweige aber, wer die Mama ist, da gibt's auch keine Fragen. Die Erntezeit ist fast zu Ende, es gibt keine Konflikte untereinander. Es gibt verschieden Arbeitsvorgänge im Gemüse und Obstanbau, manche machen es klassisch, andere setzten auf Permakultur, die dritte auf Fukuoka Methode, die vierte mischt von allen etwas, es gefällt mir, dass die Gemeinschaft fast vom Konsum unabhängig lebt, sogar für Heilung verwenden sie Meditation, Yoga, Qigong und eigene Hausmittel.

Vielleicht fragt sich einer, wo bleiben die Konflikte?

Er soll die Nachrichten anschauen, draußen gibt's genug davon, vielleicht schmeckt ihm Bier besser, wenn an der Leinwand irgendwo Blut spritzt, der größte Konflikt hat jeder mit seinem Bewusstsein, wenn er sich auf den Weg der Befreiung begibt, im Inneren des Körpers zischt ein stürmisches Meer an die Grenzen des Verstandes, viele überstehen es nicht, das ist ein Weg, der sich über unzählige Inkarnationen erstreckt.

Arjuna ist hilfsbereit auf seinen wackeligen Beinen, läuft fleißig herum und ist jedermann Liebling, Tiere am Bauernhof sind ständig in seiner Nähe, jeder Einwohner will mit ihm spielen, er nutzt es aus, dadurch können wir viele Gespräche führen und an Meditationen und Agnihotra teilnehmen. Wir verbringen in der Gemeinschaft zwei Wochen, dann müssen wir die Heimreise antreten, der Kofferraum ist voll mit den Früchten und dem Gemüse, wir nehmen Abschied, fahren nach Graz, Arjuna winkt beim Fenster, die Einsiedler winken zurück.

Auf dem Rückweg, Arjuna, Lucia und der Hund schlafen ein, ich versinke in den Gedanken. Landschaften gleiten beim Auto vorbei, zu viel Landschaft, nirgendwo bist du, einige Wochen, habe ich dich fast vergessen, ich versuche in jeder Form, die mein Auge erblickt, in der Spiegelung auf der Windschutzscheibe, auf den Wolken, dein Gesicht zu erkennen, dir in die Augen zu sehen, dein Lächeln zu gestalten, ich vollbringe es nicht. Die Dämmerung fällt auf die Natur, auf die Straße, auf das Auto, auf mein Gemüt, wenn ich wüsste, wo ich dich suchen, wo ich dich finden könnte, Fragen stapeln sich im Scheinwerferlicht, brechen in der Finsternis auseinander, Antworten bescheinen nicht meinen Horizont. Du und ich, wir sind ein großartiges Gespann, gibt es uns irgendwo in einer Ewigkeit, ich bin hier, wo bist du, auf welchen Stern, nur in meinem Herz, oder doch noch irgendwo da Draußen, unsichtbar?

„Die Liebe ist für menschliches Auge unsichtbar ", hast du einmal gesagt, *„Nur mit dem reinen Herz fühlbar und körperlichen Schmerz spürbar. "*

Tilottama
Ich suche dich,
Hinter den,
Alten Fassaden,
Meines,
Verfegtes Lebens.
Tilottama,
Ich fühle dich,
Im Regenbogen,
Über der Quelle,
Der Wünsche.
Tilottama,
Diese trockene,
Von Winterfrost,
Bedeckte Körper,
Sucht deine,
Wärme.
Tilottama,
Ich rufe,
Deinen Namen,
Laut,
Auf den Straßen,
Und Märkten,
Vielleicht,
Hörst du,
Wie ich nach dir,
Suche.
Tilottama,
Ich zeichne,

Deine Augen,
Auf den Plakaten,
Unterwegs,
Nur du hast,
Solche Wimpern,
Falls dich,
Jemand,
Erkennt.
Tilottama,
Ich schreibe,
Deinen Namen,
Auf die,
Eisenbahnwaggons,
Um dir meine,
Sehnsucht,
Zu übermitteln.
Tilottama,
Dein Kaktus
Aus Patagonien,
Blüht auch,
Diesen Winter,
Ich hoffe,
Du bist nicht,
Dorthin,
Geritten.
Tilottama,
Jeder sagt,
Ich soll dich,
Vergessen,

Wie kann ich,
Dich,
In meinem Herzen,
Vergessen,
Dass ohne,
Deine Fröhlichkeit,
Wie eine Blume,
In der Wüste,
Durstig ist?
Tilottama,
Alle verspotten,
Mich schon,
Auf der Straße,
Und rufen,
Deinen Namen,
Aber mir wird,
Warm ums Herz,
Wenn jemand,
Deinen Namen,
Sagt.
Tilottama,
Meine Katzen,
Warten,
Seit Monaten,
An der Fensterbank,
Auf deiner Ankunft,
Ich kann sie,
Nicht trösten,
Weder sie,

Noch mich,
Selbst.
Tilottama,
Ich habe unseren,
Kleinen Sohn,
Beigebracht,
Anstelle,
Von Mama,
Tilottama,
Zu sagen,
Wenn wir zu zweit,
Nach dir,
Rufen,
Wirst du vielleicht,
Gnade mit uns,
Haben.
Tilottama,
Bist du,
Auf der Straße,
Ohne Wiederkehr,
Unterwegs?
Du hast uns,
Wortlos,
Zurückgelassen.
Tilottama,
Komm wenigstens,
Heute Nacht,
Zu uns,
In die Träume,

Erfrische,
Mit deiner,
Anwesenheit,
Unsere Erinnerung,
Wir wollen dich,
Einmal noch,
Erblicken.
Tilottama.

Rückkehr nach Hause, die Frage ist, was man als zu Hause betrachtet? Da, wo man geboren ist, im meisten Fällen ist es ein Krankenhaus, kann man ein Krankenhaus als Heim wahrnehmen? Auf eine Art und Weise schon, die materielle Welt ist ein Irrenhaus, mit den Körpern bekleidete Seelen, die verschiedene Rollen spielen und ahnen selbst von dem Schauspiel nichts. Kann man Ort des Erwachsenen als Heim betrachten? Auch, aber nur teilweise, erwachsen werden ist ein Prozess, der sich durch ganzes Leben erstreckt, man kann es nicht auf einen Ort beschränken. Kann man verschiedenen Unterkünfte und Bleiben im Leben als Heim betrachten? Möglich, als Heim auf Zeit, ich habe so oft gewechselt, dass ich zu Hause mit verschiedenen Erlebnissen vergleichen kann, Sommer, Winter, Geschmack, Reise…. Kann man die unendliche Quelle, Ursprung aller Lebensformen als Heim betrachten? Das ist einzige richtige Antwort, aber da liegt ein Problem, man kann sich an nichts erinnern, von Unbekannten hat man Angst und versucht den Status quo zu erhalten. Es bleibt mir nur eine Hoffnung, als Heim die Welt zu betrachten, wo du bist, und die Erwartung hegen, irgendwann, wenn hier der Sprit ausgegangen ist, schmerzlos in deine Umarmung zu wechseln.

Zu Hause angekommen, bereiten wir uns für den Winter vor, das Auto Winterfest machen, Reifen wechseln, Winter Kleidung für Arjuna kaufen, Gemüse einlegen, Seele für die dunklen Stunden vorheizen, dass mindestens ein Funke des Lichts bis in den Frühling hält. Wir teilen uns auf, Lucia kümmert sich um alles, was Arjuna braucht, ich um Haushalt und Auto, zerteile die Aufgaben, die ich noch machen muss in die Abschnitte, die ich stressfrei erledigen kann, schöne Tage nutze ich mit Arjuna indem wir auf die Berge und im Wald spazieren gehen, ich zeige ihm die Vielfalt der Natur, alles, was ich kenne, ich weiß nicht, was er jetzt schon versteht, aber du hast gesagt, er hat schon

Wissen, es wird stufenweise mit dem Erwachsenwerden entsperrt. Wir sehen verschiedene Tiere des Waldes, die ich selbst selten gesehen habe, Auerhahn, Steinbock, Rehe, verschiedene Vogelarten, ein weißes Eichhörnchen, Kaninchen, Feuersalamander. Arjuna zieht die Tiere magisch an. Einige Eidechsen, die auf den Felsen in der Sonne baden, laufen weg, Arjuna bleibt beim Stein stehen, haltet seine Hand auf den Stein, alle Eidechsen, die weggelaufen sind, kommen zurück, ich habe Bedenken, dass er nicht gebissen wird, aber ich beobachte wie alle ein Kreis um seine Hand bilden, sie bleiben regungslos liegen, wie wenn sie ganz allein unter sich wären. Arjuna singt, besser gesagt, er murmelt etwas, das nur er kennt, oberhalb, über den Baumkronen, sehe ich zwei Adler kreisen. Ich kenne das Adlerpärchen seit zwei Jahren, sonst hätte ich nicht gewusst, dass die Adler sind. Wir gehen ein Stück auf dem Weg weiter, die Eidechsen begleiten uns auf dem Felsen und streiten um besseren Platz, so etwas habe niemals gesehen, es fehlt mir ein Gedanke ein, das ist mein Sohn, sofort besinne ich mich, es ist ein falscher Stolz, aber trotzdem bin ich von Gefühlen zu unserem Sohn sehr gerührt. Das sind Fähigkeiten von seiner Mutter, von dir meine Liebe Tilottama, wenn ich von dir denke, regnen Gefühle auf mich herunter von irgendwo her, fließen weiter aus mir wie ein Wasserfall heraus, dass ich fassungslos bin, ich spüre, wie sich Arjuna bei meinem Fuß hält, schaue ich runter und sehe sein breites Lächeln, sehe dein Lächeln. Ich zwinge mich zu mäßigen und auf unseren Sohn aufmerksam zu sein.

In den nächsten Wochen breitet sich Frost in der Wiese und über die Baumkronen, drückt die Blätter, die ihren letzten Tanz der Saison absolvieren und in die tieferen Ebenen wechseln, ich beobachte, wie verschiedene Baumarten unterschiedlich ihr Laubkleid ausziehen, manche behalten ihre Blätter bis zum ersten Schnee, ob Sie sich schämen, voll nackt in der Umgebung zu stehen, oder versuchen noch ein bisschen

Energie für den Winter zu bewahren, wer weiß. Von den umliegenden Bergen ist, schaut schon der Schnee schüchtern runter.

Arjuna und ich, wir streifen herum in der Stadt und außerhalb, ich bin mehr gefroren, er zieht alles aus, die Kälte macht ihm nichts aus, seine Finger sind immer warm. Wenn ich mit dem Jungen unterwegs bin, ich sehe dich in ihm, vertrage diese Trennung etwas leichter, wenn er bei der Lucia ist, es ist eine andere Welt um mich herum, ich denke, ich versuche vergangene Erlebnisse zu wiederholen, wiederzubeleben, umsonst, so funktioniert es nicht, das merke ich spätestens, wenn sich ein Nebel auf mein Gemüt legt, von den Hängen meiner Traurigkeit stürzen die Felsen ein und verdecken dieses kleine Stück Fröhlichkeit, dass du in meiner Erinnerung hinterlassen hast.

Tilottama, ich frage mich, was ich falsch gemacht habe, wie viele Vergehen sich in diesem und im früheren Leben angesammelt haben, dass ich jetzt ins Wanken komme, die Hoffnung verliere und meine Unruhe nicht stoppen kann, die an die Oberfläche meines Verständnisses der Realität brennt.

Nishtha

Die Tage werden kürzer und mein Kummer wird länger, ich suche im Raum nach etwas, woran ich mich festhalten kann, all die kleinen Dinge, die mich früher über die Wolken gehoben haben, können die Last meiner Traurigkeit, meiner Trübsinnigkeit nicht standhalten, also ersticke ich im Nebel der überlebenden Gefühle, die, anstatt ihn wiederzubeleben, alle Elemente meines Körpers durchdringen und ihn ersticken, bis er hilflos und lustlos in einem Meer der Trennung und Sehnsucht treibt.

Die Momente der hellen Freude, sind die Momente, die ich mit Arjuna verbringe, im Spiel und beim Spazierengehen, Entdeckungen in der freien Natur, in der Stadt gibt's noch keinen Schnee, wir fahren in die Berge, da hat schon der Winter, die Herrschaft über den Menschen und der Natur übernommen. Bevor ich diesen Körper mit den Süßigkeiten vom Gewürzladen umbringe, schleppe ich mich in die Berge hinaus, Arjuna natürlich mit, Schlitten und alles, was dazu gehört, den Hund von Lucia, nehmen wir auch mit, nur die Katzen bleiben zu Hause und schauen traurig hinaus. Es ist ein sonniger Tag, Arjuna kann schon einige Wörter und erzählt, was er unterwegs alles sieht, das heißt ich versuche zu entziffern, was er gesagt hat. Das Land ist noch überall grün, allerdings gibt es eine Stelle, wo man im Winter eine unsichtbare Grenze überquert, da gibt's so etwas wie eine Schneegarantie, wir machen Halt an einem Bergsee, gleich neben der Straße, aber im Wald versteckt. Es ist ein Geheimtipp, wo man wunderschöne Fotos machen kann, die mit dem Schnee bedeckten Bergen die spiegeln sich im Klaren Wasser. Kira, so heißt die Hündin von Lucia, geht sofort in das Wasser, Arjuna will natürlich mit, ich kann ihn noch rechtzeitig erwischen. Es gelingt mir wenige Fotos zu machen, mit Kind und Hund bin ich ein bisschen überfordert, ich bringe beide zum Auto und wir fahren bergauf, die Straße ist noch frei, aber auf der Seite sind mindestens dreißig Zentimeter Schnee. Am Berg angekommen, lasse ich Arjuna und Kira im Schnee toben, Kira rennt im Kreis, Arjuna versucht es mit seinem Gewicht auf der gefrorenen Oberfläche zu laufen, ich nicht, versinke bis zum Knie. Ich zeige ihm wie man einen Engel im Schnee macht, er macht es nach, ich will ihn auf den Schlitten setzen und ziehen, nein er will das selbst tun. Natürlich, wir kommen nicht leicht voran, aber da kann er nicht weit entkommen, Kira rennt hin und her, sie rollt im Schnee und bellt, Arjuna ist gleich dabei, inzwischen kann ich ein bisschen die Natur bewundern und einige Fotos machen. Nicht viele, mir ist schon kalt, meine Nase rinnt, der Kleine hat schon wieder seine Handschuhe ausgezogen und rudert im Schnee, Tilottama, bist du sicher, dass er mein Sohn ist, mir war immer kalt.

Nach einiger Zeit hat das Kind und der Hund keine Kraft mehr, ich bin halb abgefroren, breche das Treiben im Schnee ab, wir gehen in das Gasthaus, das neben dem Parkplatz liegt, drinnen bekommt Kira Wasser zu trinken, ich einen Tee, für Arjuna stelle ich eine Teeflasche auf den Tisch hin. Er trinkt nie etwas, ich ziehe seinen Skianzug und seine Stiefel aus, er ist rot im Gesicht, wirkt müde, legt sich auf die Bank hin, ich gebe ihm ein Polster unter den Kopf, in wenigen Minuten schläft er ein. Unter dem Tisch liegt der Hund ruhig, ich genieße die Wärme und Ruhe hier drin. Wir sind unter der Woche unterwegs, außer uns ist kein Mensch da. Du hast gesagt Tilottama, dass du alles sehen kannst, du bist immer präsent, obwohl wir dich nicht erblicken können, jetzt kannst du sehen, dass ich als Vater ein bisschen überfordert, aber glücklich bin, ich danke dir für diese Momente der Freude, ich habe

Spaß und Freude auch mit Lucia, aber es ist anderes, sie ist schon erwachsen, mit dem Arjuna bin ich wieder kindisch geworden.

In Gedanken sehe ich dich auf der anderen Seite der Bank sitzen, Arjuna zwischen uns, dein warmes, unvergessliches Lächeln im Gesicht, deine Hand streichelt meine, du trinkst deinen Cappuccino und schiebst den Rest vom Topfenstrudel zu mir, du kostet nur immer ein bisschen, den Rest darf ich verspeisen, wir wissen, dass man Reste nicht essen soll, aber du tust es aus Liebe zu mir, aus Liebe zu dir und zu den Mehlspeisen, kann ich nicht widerstehen. Wir sind wieder zusammen, eine kleine glückliche Familie, eingebettet in unserer kleinen Welt, unsere Umgebung ist mit der Liebe geflochten. Aus der Träumerei reißt mich das Flüstern der Kellnerin, sie möchte wissen, ob wir noch etwas wünschen, ich bedanke mich und bezahle gleich. Die Sachen von dem Kleinen stopfe ich in einen Rucksack, ich wickle ihn vorsichtig in eine Decke ein und trage ihn zum Auto, Kira folgt uns brav ohne Leine und legt sich neben seinem Sitz in das Auto rein. Beide schlafen auf dem ganzen Weg nach Hause.

Zu Hause werden wir von Lucia erwartet, wir bringen den Kleinen in das Bett, er schläft weiter und wir besprechen die nächsten Tage und die Aufgaben, die wir einzeln und gemeinsam bewältigen müssen. Ich äußere meinen Wunsch auf die Spurensuche zu gehen. Lucia glaubt nicht, dass ich dich irgendwo finden werde, die glaubt nach wie vor nicht, dass du eine himmlische bist, aber sie wird sich um ihren Bruder kümmern, und um die Katzen auch. Ich beschließe, in zwei Orten auf die Spurensuche zu gehen, in Passau und in Bratislava, morgen fahre ich nach Passau, in Bratislava möchte ich zu Silvester anreisen, den ganzen Film nochmals zurückzudrehen. Wenn ich dich in Passau und Bratislava nicht finde, hat es keinen Sinn irgendwo anderes zu suchen, außer in meinem Herzen.

Draußen, der Schnee hat schüchtern Einzug in die Stadt gehalten, die Wiese ist eingezuckert, ich fahre mit dem Zug, für einen ehemaligen Eisenbahner eine Selbstverständlichkeit, da kann ich träumen, schlafen, dir Botschaften schreiben, vielleicht werde ich doch eine Spur von dir in Passau finden. Ich küsse leicht unseren Sohn, der noch schläft, umarme Lucia, streichle die Katzen und begebe mich zum Bahnhof. Im Zug habe ich mich mit Zettel und Bleistift bewaffnet, eingenistet, schreibe ich Botschaften im Eiltempo in der Hoffnung, dass etwas zurückkommt. Es kommt nicht, ich lasse das Zettelwerk weg, nehme die Kopfhörer, schalte Musik ein und beginne von dir zu träumen. Landschaften gleiten wie ein Leben vorbei, man kann nicht so schnell schauen, Ereignisse, Erlebnisse, Augenblicke mit zweihundert Kilometer pro Stunde, verglühen, eine ganze Lebenszeit schmilzt dahin.

Deine Augen spiegeln sich im Fenster des Zuges, für mich wie ein Leuchtturm im stürmischen Meer des Lebens, jedes Mal, wenn ein Lichtstrahl auf mein Herz trifft, entzündet sich ein Funke der Liebe mehr, entflammt und verbrennt diese jämmerliche Wirklichkeit, wo deine Abwesenheit herrscht, verbrennt diesen materiellen Körper zu Asche, meine Seele steigt auf in die unerforschten Höhen des Raumes, wo deine auf mich wartet, wir berühren unser Licht, erschaffen Flügel, die uns durch alle Zeiten tragen, ungeboren in der Ewigkeit der unsterblichen Liebe.

Kurz vor Passau weckt mich die Durchsage vom Zugchef auf, ich sammle alle Knochen aus dem Traum heraus, der ganze Körper schmerzt vor Sehnsucht, erst am Bahnhofvorplatz kann ich mich richtig bewegen. Ich überlege, wohin ich zuerst gehen soll, natürlich zu deinem Haus, ich fühle mich wie ein Jüngling, der zittert, wenn er erwartet, seine Angebetete zu treffen, ich gehe langsam, denke an alle möglichen Wörter, die ich dir sagen will. Von der Weite sehe ich, dass dein Haus eine neue Fassade hat, näherkommend, sehe ich einige Autos im Hof, früher war kein einziges Auto hier, beim Eingang steht eine Tafel, da ist eine Firma, bei der Glocke auch der Firmenname, mir wird schwarz vor Augen, seit wann ist da eine Firma? Ich muss mich, an der Wandvorsprung hinsetzten, was habe ich erwartet, du hast mir deutlich geschrieben, dass wir uns nicht mehr sehen können. Ich suche im Internet nach der Firma, deren Name auf der Tafel steht und finde heraus, dass sie seit fünfundzwanzig Jahren auf diesem Standort ist. Aber, du hast hier gewohnt, vor etwas mehr als einem Jahr habe ich hier bei dir übernachtet, durch dieses Fenster im ersten Stock habe ich auf die Donau geschaut, neben der Einfahrt steht ein Rosenstock, ich kann mich erinnern, wie du ihn geschnitten hast, ich habe dir geholfen den Rasen zu mähen und Grünschnitt zu entsorgen.

Es bleibt mir nichts anderes übrig als weiterzuziehen, ich mache ein Foto, im Telefon habe ich noch eines von früher, ich werde es vergleichen. Vergeblich suche ich an das Datum kann ich mich genau erinnern, aber das Foto ist nicht mehr da, alle andere Fotos schon, was ist hier los, was wird hier gespielt?

Ich gehe weiter, vorbei an dem Bioladen wo wir einige Male einkaufen waren, es ist eine neue Verkäuferin drinnen, ich beschreibe dich, sie kann sich überhaupt nicht an dich erinnern. Jetzt wundert mich nichts mehr, ich bedanke mich und ziehe weiter. Im Caféhaus am Ufer, wo wir uns getroffen haben, hängen die Fotos von allen Gästen und berühmten Persönlichkeiten aus der Stadt und Umgebung, ich suche dein Foto und finde es. Ich finde es, aber was für ein Schock.

Das ist ein altes Foto und die Datierung ist aus 1904, da steht, ein ganz anderer Name als ich dich unter bürgerlichen Namen kenne, irgendwie in meinem Schockzustand, schaffe es nochmals dieses Foto zu fotografieren, bevor ich bewusstlos werde, der Kellner merkt das etwas nicht stimmt, fragt, ob alles in Ordnung ist. Ich trinke seit Jahren kein Alkohol, aber in diesem Augenblick bestelle ich ein Glas voll mit Wodka, trinke es in einem Bruchteil der Sekunde aus, beim Kellner sehe ich Fragezeichen, er sagt nichts, ich bestelle noch eines, bezahle alles, nehme den Wodka mit, setze mich Draußen beim Tisch hin und bleibe erstarrt sitzen. Keine Ahnung wie lange ich dageblieben bin, ich weiß auch nicht, ob ich den Wodka ausgetrunken habe oder nicht, irgendwie in meinem Wahn, habe ich es zum Bahnhof geschafft, in den Zug gesetzt. Keine Worte, keine Gedanken sind zu meinem Bewusstsein durchdrungen, ich weiß nur, dass ich es nach Mitternacht nach Hause geschafft habe, Lucia und Arjuna, die Katzen haben geschlafen, ich habe meinen Kadaver hinauf in den ersten Stock geschleppt, ich weiß noch das sich Kira neben meinen Füßen gelegt hat, dann bin ich in der traumlosen Dunkelheit ertrunken.

Der Wind berührt,
Den nackten Geist.
Der Blick wandert,
Auf den Umwegen,
Des Lebens.
Der Körper wartet,
Angespannt,
Den Sprung,
Ins Unbekannte,
Zu wagen.
Die Stille eilt,
Im Brennpunkt,
Der Geburt,
Zu ertrinken.
Leise,
Fast lautlos,
Rufe ich nach dir,
Um den Atem,
Nicht zu stören,
Dass ein bisschen,
Von diesem Rumpf,
Am Faden,
Des Lebens,
Hält.
Gibt mir etwas,
Irgendwas,
Gib mir deine Hand,
Du weißt,
Ich bin an deine Form,

Gewohnt.
Wie kann ich jetzt,
Im Schatten,
Endloser Illusionen,
Nach dir suchen?
Gestern hat es,
Nie gegeben,
Morgen wird es,
Nie sein,
Heute ist,
Fast vorbei.
Zeige mir noch,
Einmal,
Dein Lächeln,
Zeige dich,
Ganz,
Damit diese,
Traurige Wahrheit,
Von meiner Substanz,
Mit deiner Fröhlichkeit,
Verschmelzen,
Kann.

Irgendwann in der Früh, es war schon hell, ist Arjuna aufgetaucht mit seinem Schnuller, die Katzen hinterher, alle haben sich zu mir ins Bett gelegt, Simba und Murli, so heißen meine Katzen, haben bei den Füßen neben Kira, Platz genommen, Arjuna hat sich zu meinem Gesicht gelegt, sein Schnuller hat rhythmisch gearbeitet, mit beiden Händen hat er meinen Kopf gehalten und gestreichelt. Ich habe ihn näher an mich herangezogen und gehört, wie sein kleines Herz klopft. Ich hatte keine Kraft aufzustehen, der Kleine ist eingeschlafen, Simba und Murli sind standardmäßig im Schlafmodus, Kira war wach, hat nur den Kopf gehoben und weiter ruhig gelegen, danach bin ich in das Land der Träume geflogen.

Als ich wieder munter war, der Nachmittagsschatten hat schon das Zimmer überdeckt, hat mein Körper hat keine Schmerzen gespürt, war aber kraftlos, wie ein Sack ohne Inhalt, der Tag war nicht mehr zu retten. Die Katzen haben auf der Fensterbank gewartet, dass kann nur eines bedeuten, Lucia war mit Kira und Arjuna draußen. Irgendwie haben meine Muskeln es geschafft aufzustehen, ich bin trotzdem an der Bettkante sitzengeblieben. Plötzlich ist Kira hereingestürmt und hat mich abgeschleckt, wie wenn sie mich jahrelang nicht gesehen hätte, Arjuna dahinter, beiden haben mich an das Bett gedrückt, ich habe versucht mitzuspielen, Lucia ist aufgetaucht und hat mich gerettet.

Ich habe alles geschildert, wollte dein Foto zeigen, es war kein Foto drinnen im Telefon, nur ein altes aus 1904, dass ich im Caféhaus gemacht habe, alle deine Fotos, auch Selfies mit uns zwei sind verschwunden, ich habe deinen bürgerlichen Namen erwähnt, der ist Lucia bekannt vorgekommen, sie konnte es aber nicht zuordnen. So, jetzt habe ich keine Beweise, Garnichts in der Hand, nur Arjuna als ein lebendiges Zeugnis von unseren Begegnungen, von unserer Liebe. Ich wollte etwas Großartiges von dir erzählen, habe es nicht geschafft, ich kann warten und hoffen, dass du zurückkommst, falls es jemals geschehen wird. Ich beschließe bis Silvester abzuwarten, nirgends auf die Suche zu gehen, wenn ich dich in Bratislava nicht finde, ich werde dich nirgendwo finden.

Die nachfolgenden Tage und die Wochen sind mühsam, die Zeit, die ich mit dem Arjuna und Lucia verbringe, sind helle Momente in der Dunkelheit des Geistes. In meinem Kreis hat sich schon herumgesprochen, dass ich einen Sohn habe, ich denke die eine oder andere Geschichte über dich aus, es funktioniert nichts, jeder kreiert eigene, alle glauben, ich habe ein Kind gezeugt, die Mutter will weder von mir noch von dem Kind etwas wissen und hat mir den Jungen vor der Tür gestellt. Wenn ich von dir mit Begeisterung rede, drehen sich einige um wechseln das Thema, nach gewisser Zeit, erzähle ich nichts mehr, Menschen wollen nur die eigene Neugier stillen, es gibt nur wenige, das Mitgefühl mit dem Kind haben, sie schenken Kleidung, Spielzeug, ich breche bald alle Kontakte ab, lasse niemand an unserem Leben teilhaben.

Es gelingt mir, eine gute Zeichnung von dir anzufertigen, ich lasse es vervielfältigen, in Stadt und Land verteilen, schreibe deinen Namen auf die Luftballons, die dann herumfliegen, ich weiß, es ist der Versuch eines verzweifelten Mannes und höre auf damit. Nachdem ich etwas kreativ geworden bin, zeichne ich weiter, schreibe wieder einige Geschichten über uns, aber es gelingt mir nicht einen Schluss zusammenzubringen, ein Happyend, es verwässert sich alles und rinnt auseinander, es bleiben nur einige Tropfen der Hoffnung, dass es mir gelingt, deine Spuren irgendwo zu finden. In der Stadt ist kein Schnee gefallen, wir fahren so oft es geht in die umliegenden Berge, um mit dem Arjuna Schlitten zu fahren.

Abreise nach Bratislava, verschiebe ich auf dritten Januar, ich zweifle, dass ich eine Spur von dir finden kann und Silvester in der Menge ohne dich wäre ein Fiasko. Am dritten Januar, in Bratislava angekommen, suche ich dich auf allen Wegen, die ich kenne, was ich finde, ist eine Baustelle, Reste von Bauten, die für das Neujahrsfest angefertigt wurden, werden jetzt abgebaut. Der Tag ist sonnig, auf den Straßen sind genug Menschen, Touristen und Einheimische, ich schaue überall herum, rieche, manchmal denke ich, dass ich deine Zöpfe erblickt habe, es ist eine Fata Morgana, auf der anderen Stelle, habe ich deinen Geruch wahrgenommen, wieder falsch, es ist ein künstlicher Duft, du hast nie so gerochen.

Ich schaue nicht mehr die Passanten an, ich versuche in mich selbst zu gehen, um dich in meinem Herzen zu finden. Ich finde einiges, alles wonach ich nicht gesucht habe, alles, was ich nicht wollte, außer den Spuren deines Lächelns auf dem Schatten meines Gesichtes und den Geräuschen deiner Schritte auf dem Gehsteig des Lebens ohne Wiederkehr, wo meine Erkenntnisse des Verlustes, auf den zerrissenen Stoff des Glücks, beklagen. Die Sonne streichelt die lächelnden Gesichter der Menschen um mich herum, aber für mich ist es kalt, immerzu traurig, gnadenlos schmerzlich in dem Elend des Augenblicks. Als sich die Dämmerung nähert, beschreite ich den Weg in das Hotel, den wir letztens gemeinsam gegangen sind. Regenwolken ziehen an, aber mein Schmerz kann kein Regen wegspülen. Am nächsten Morgen reiße ich mit dem ersten Zug ab, ohne auf das Frühstück zu warten.

Zu Hause werde ich mit Sehnsucht erwartet, Katzen schmieren an meinen Beinen, Arjuna will getragen werden, Lucia ist auch neugierig, ich habe leider nicht viel zu berichten, von der Reise selbst habe ich nicht viel mitgekriegt, es gibt viele Eindrücke im Geiste, von denen ich nicht berichten mag. Ich treffe eine Entscheidung, werde nicht mehr nach dir suchen, mindestens nicht physisch, es bleibt noch die Hoffnung allein, ich kann es mit vielen kurzen Erzählungen versuchen, die ich nirgends notiert habe, eventuell vollbringe ich ein glückliches Ende, es ist mir aber klar, dass ich eine starke Magie brauche, früher war es nur mit deiner Hilfe zugänglich.

Anfang des Jahres ist es mild in der Stadt und Umgebung, Arjuna und ich spazieren entlang der Mur, oder in die Nähe vom Flughafen, da ist eine schöne Aussicht auf die schneebedeckten Berggipfel, über uns ist blauer Himmel, warme Luft von der Adria trifft auf die Kalte von Norden und drückt die schwarzen Wolken nieder in die östliche Richtung, in der Obersteiermark, schneit es. Im Augenblick tut es gut etwas mehr Licht um uns herum zu haben, wir werden noch einige Male Schlitten fahren, aber jetzt tut diese Lichtstrahlung einfach gut, für mein schattiges Gemüt.

Arjuna kann schon recht gut laufen, Lucia hat ihm ein Dreirad zum Schieben gekauft, jetzt glühen wir durch die Gegend, bis ich keine Puste mehr habe, er will natürlich mehr, ich versuche ihn mit dem Fußball abzulenken, manchmal zeichnen wir mit der Kreide am Gehsteig, ich muss sagen, er ist gar nicht schlecht dabei, viel besser als ich in seinem Alter, ich habe nur mit dem Stock im Dreck gezeichnet, Kreide habe ich erst in der Schule kennengelernt, mit Ach und Krach habe ich schreiben und lesen gelernt, und Rechnen will ich gar nicht erwähnen. Wenn ich könnte, möchte ich alles zurückdrehen, im Alter von vier Jahren und in diesem Zustand bleiben, in Gummistiefel im Dreck laufen, so bin ich ein halb urbanisierter in der Stadt lebendiger Bauer und Schreiber geblieben, der im Alter noch Liebeskummer hat, das ist unfassbar. Dann blicke ich auf den Arjuna beim Zeichnen, etwas Warmes durchdringt mein Körper, erweicht meine Seele, ich bin froh, dass ich ihn habe, auch wenn du Tilottama nicht dabei bist, ein Teil von dir ist in dem Jungen, in meinem Herz, in meinem Geist, sowieso geblieben. Gelassen und fröhlich und mit Eifer, stürze ich mich mit ihm zusammen, um vergängliche Kunstwerke zu schaffen.

In der Erwartung des Frühlings in den nächsten Monaten, stürze ich mich auch in die Schreibarbeit, ich nehme mir vor, nur kurze Notizen, mit kurzen Sätzen und maximal zehn pro Notiz zu schreiben. Das ist bei mir nicht einfach, meine Sätze sind meistens lang, ich beginne Vormittag und Punkt kommt Nachmittag, sodass ich zum Schluss nicht weiß, was ich sagen wollte, meine Gedanken sind genauso. Bei der Kommunikation muss ich mich zurückhalten, sonst sehe ich nur Fragezeichen in den Augen von anderen Menschen. Also denke ich mir kurze Erlebnisse mit dir aus, schreibe sie auf, zum Schluss sind wir immer glücklich vereint, manchmal schreibe ich die Geschichte aus, die wir schon erlebt haben, die ich nirgends notiert habe. Für mich ist es jetzt eine Herausforderung, mit wenigen Worten, meine Gefühle zu schildern und dich zu beschreiben, aber ich gebe mein Bestes.

Wir unternehmen noch einmal einen Ausflug in den Schnee, dass sich Arjuna und Kira austoben können, in der Stadt ist kein Schnee mehr gefallen, in den Bergen liegt die Grenze oberhalb von tausend Meter. Ich muss einmal nach dem Rechten beim Anwesen von meinem Freund sehen, im Winter habe ich es nur zweimal besucht, da ist kein Schnee mehr, es gibt einiges zu tun.

Nach einigen Tagen, in der Früh, kaufe ich ein, alles, was ich für einige Tage am Land zu leben brauche, küsse meine Lieben, streiche Kira, Murli und Simba, winke vom Auto aus und ab in die Berge. Am Bauernhof angekommen, muss ich zuerst heizen, das Haus hat dicke Steinwände, es ist kalt drinnen, erst am nächsten Tag ist es angenehm warm, geschlafen habe ich mit der Jogginghose, Pullover und der Haube.

Es ist angenehm, im Ofen knistert das Feuer, ich backe mir selbst ein Brot, das schmeckt gut, die Hälfte habe ich gleich verspeist, am Abend werde ich noch eins machen. Danach unternehme ich einen Spaziergang im Wald, es ist noch feucht, einige Büsche sprießen bereits, frische Luft sticht in der Lunge, ich gehe nicht weit, möchte nicht übertreiben, nur bis zu einer Kurve, wo ich seitlich eine schöne Aussicht auf die Gegend und die Berge habe. Wir waren schon gemeinsam hier, du hast mich hierhergebracht, es fällt mir plötzlich ein, es gibt noch etwas, aber im Moment kann ich mich nicht erinnern, damals habe ich nichts über das Anwesen von meinem Freund gewusst. Überraschenderweise bin ich nicht traurig in den letzten Tagen, wenn ich an dich denke. Nach der Rückkehr in das Haus, backe nochmals ein Brot, danach sitze ich beim Fenster und schreibe Notizen über uns, Lucia wird genug zu tun haben, alles zuzuordnen, ich bin ziemlich fantasievoll und produktiv in den letzten Tagen.

Am nächsten Tag mache ich Brennholz, jetzt schon für nächsten Winter, in dieser Gegend muss man bis Mitte Juni heizen, zumindest am Bauernhof, es liegt westlich auf der Bergseite. Der Wald gehört zum Anwesen, gleich in der Nähe liegen durch Schnee und Wind umgestürzte Bäume, ich schneide sie zurecht, händisch bis zur Forststraße liefern, dann mit einem kleinen Wagen bis zum Holzschuppen ziehen. Es ist anstrengend, aber tut gut, ich fühle mich wie neugeboren.

Gegen Abend bin ich gesund müde, nach dem Essen sitze ich beim Fenster, schreibe meine Notizen, schaue durch das Fenster wie drei Hasen unter der Linde Gras fressen, soeben höre ich wie jemand meinen Namen ruft, zweimal, ich schaue raus, sehe nur die Kaninchen in der Wiese, wer könnte das sein, niemand weiß, dass ich hier bin, außer Lucia, aber das war eine männliche Stimme. Alles Mögliche geht mir durch den Kopf, ich denke an das Kapuzenwesen aus Villach, antworte nicht. Es hilft nichts, es ist schon Dämmerung, aber noch hell genug, ich nehme eine Axt und gehe raus, bleibe in der Tür stehen. Es ist absolut nichts zu sehen oder zu hören, außer Vogelgezwitscher, ich lasse die Axt liegen und trete hinaus, Kaninchen laufen weg. Ich schaue um das Haus herum, nichts, alles still und friedlich, ich bleibe eine Zeit lang auf der Bank vor dem Fenster sitzen, um die Prana am schwarzen Waldhintergrund zu beobachten. Es wird kühler und dunkler, ich kehre zurück in das Haus, setze mich wieder vor dem Fenster hin, um dieses Erlebnis aufzuschreiben, dann fällt mir es blitzartig ein.

Das war ich, ich habe mich selbst gerufen, wir zwei waren hier gemeinsam, du hast mir auch diese Geschichte gezeigt, ich stehe auf, will rauslaufen, dann denke ich, es hat keinen Sinn, du bist, wir sind schon weg, an einem anderen Ort, in einer anderen Zeit. Ich setzte mich wieder hin, die Tränen rollen auf den Schreibtisch, auf meine Notizen, ich versuche sie nicht einmal wegzuwischen, es dauert eine Zeit lang, bis ich wieder etwas mit den Augen sehen kann, draußen ist es schon stockfinster. Ich lege mich aufs Bett, lange kann ich nicht einschlafen.

Irgendwann bin ich wach, draußen ist es schon hell, normalerweise, bin ich vor dem Morgengrauen munter, chante meine Mantras, heute habe es versäumt, macht nichts, werde es im Laufe des Tages nachholen. Nach dem Frühstück gehe ich hinaus, ich will diese Felsen suchen, die du mir damals gezeigt hast, möglicherweise ist da die Lösung. Ich erforsche zuerst die Wege in der Nähe des Hofes, ich kann mich nicht erinnern an so einen Weg, wo wir damals gegangen sind, vergeblich streife ich einige Stunden herum, aber kann weder Weg noch die Felsformation finden. Vermutlich ist es nicht hier in der Gegend, ich kehre zurück, nach dem Essen werde ich nachdenken, wo ich suchen soll.

Gerade, als ich dabei bin Salat zu waschen, höre ich ein lautes Geräusch, wie wenn Flieger eine Schallmauer durchbrechen, ich denke dabei nichts, nach einigen Minuten ist es noch lauter, das ganze Haus zittert. Es ist ein Erdbeben, ich stelle mich unter den Türstock hin, es ist unheimlich, dauert einige Minuten, das Geräusch ist furchterregender als das Beben. Dann ist es plötzlich ganz still. Ich überprüfe alles, im Haus und draußen sehe aber keine sichtbaren Schäden, ich muss Lucia anrufen und schauen, ob zu Hause alles in Ordnung ist.

Lucia meldet sich nicht, es klingelt gar nicht, dann merke ich, dass ich kein Netz habe, ich habe in mulmiges Gefühl, was soll ich jetzt tun? Nichts, ich packe meine Sachen und fahre nach Hause, unterwegs sehe ich Menschen überall draußen, aber kann keinen Schaden bei den Häusern oder auf der Straße feststellen. Schwarzen Wolken ziehen an, es beginnt heftig zu regnen, dann folgt Hagel, ich stelle mich mit dem Auto am Straßenrand unter einigen Fichten hin, bis es vorbei ist, am Telefon ist noch immer kein Netz, es lichtet sich ein bisschen, ich fahre weiter. Auf der Autobahn sehe ich kein einziges Auto, in der Ferne sehe ich zwei Regenbögen, einige Berge, da beginnt oder endet der Regenbogen. Auf einmal weiß ich nicht, wo ich bin, wie wenn ich munter bin und nach einigen Sekunden kann ich nicht lokalisieren, wo ich mich im Moment befinde, eine schreckliche Situation, aber die Autobahn ist schnurgerade, in der Entfernung von zehn Kilometern sehe ich einen Berg und einen Tunnel, genau da enden beide Regenbögen, nebeneinander im Tunnel.

Was für ein Mist ist das, das kenne ich gar nicht, es ist keine Autobahn Richtung Graz, wo befinde ich mich jetzt? Dann merke ich neben der Autobahn eine Eisenbahnstrecke, da fährt mit mir parallel ein Zug, mit Hundert Km/h, so schnell fahre ich gerade laut Tacho, mit zwei Oldtimer Lokomotiven, ich kann den Lokführer im Führerstand erkennen, der schaut in die Fahrtrichtung, den kenne ich, verdammt.

Das bin ich! Was ist hier los?

Wir beide fahren gleich schnell in die gleiche Richtung, ich hoffe, der Tunnel ist breit genug, dann merke ich die Felsformation, wo sich der Tunnel befindet, das sind die Felsen, die du mir damals gezeigt hast, die ich heute vergeblich gesucht habe. Das ist nicht alles, genau im Pfad von beiden Regenbögen, sehe ich jeweils einen Meteoriten, beide fliegen gleich schnell, wie ich fahre, wie wir beide fahren, ich gebe Gas, aber der Wagen fährt nicht schneller, der Zug fährt die gleiche Geschwindigkeit.

Panik!

Was soll ich jetzt machen, die Angst im Hals droht zu platzen, und mich zu ersticken, im Zug habe ich die gleichen Zustände, ich fühle mich da und dort, weiß nicht, wo ich eigentlich bin.

Auf einmal ist es unerwartet still, ich höre keine Geräusche mehr, kein Motor, kein Fahrtwind, die Räder rattern nicht auf der Strecke, es ist alles langsam geworden, wie in Zeitlupe, Auto, Zug, Meteoriten, wir gleiten lautlos alle zu einem Punkt, ist es der Punkt, wo alles endet, alles beginnt? Es fällt mir etwas ein, an was man im letzten Augenblick denkt, dort landet man im nächsten Leben.

Ich begreife in diesem Augenblick, dass alles, was ich in diesem Leben gesucht habe, alles, was ich unternommen habe, du, deine Liebe, es war die Suche nach der absoluten Persönlichkeit, die verzweifelte Suche nach absoluter Wahrheit, die Suche nach dem Ursprung.

Ich denke nicht mehr an dich, an Lucia, an Arjuna, und beginne das siebzehnte Mantra aus Sri Isopanisad zu chanten, das achtzehnte habe nie auswendig gelernt.

Vayur anilam amrtam
athedam bhasmantam sariram
om krato smara krtam smara

krato smara krtam smara

„Möge mein vergänglicher Leib zu Asche verbrennen und möge mein Lebensodem der Fülle der Luft eingehen! O mein Herr, gedenke jetzt bitte all meine Opfer und erinnere Dich bitte an alles, was ich für Dich getan habe, denn letztlich bist Du der Nutznießer alle guten Werke."

Wir treffen alle zur gleichen Zeit an, Auto, Zug, Meteoriten, Regenbogen, es ist alles absolut still, ich spüre keine Hitze, obwohl alles hell ist, etwas, eine unbekannte Kraft hebt mich aus dem Auto und dem Zug heraus, ich merke nicht mehr was passiert, um mich ist es plötzlich dunkel, nichts ist zu sehen, ich weiß nicht, ob ich einen Körper habe oder nicht.

Wie fühlt sich der Körper an, wenn der Boden unter den Füßen verschwindet, wie fühlt sich die Seele an, wenn der Körper verschwindet, wie fühlt sich das Bewusstsein an, wenn die Angst nicht mehr da ist? Es ist dunkel, ich weiß nicht, was ich fühle, fühle ich den Körper, denke ich, dass ich die Seele bin, wo befinde ich mich, warum geht es nicht weiter? Ich habe das Gefühl, dass ich im Wasser schwebe, es ist das Wasser, die Luftblasen von meinem Atem sind zu sehen, ich kann im Wasser atmen.

In jeder Luftblase kann man unterschiedliche Szenen aus meinem Leben sehen und nicht nur das, sondern auch verschiedene Variationen dessen, was hätte passieren können, was hätte passieren sollen. Mir wird klar, dass mein ganzes Leben ein einziges großes Vergehen war. Gelassen fange ich an meinen Körper zu verspüren, eine Art Gefühl zwischen Streicheln und Schmerz, es juckt etwas aber nicht so intensiv. Wir treiben langsam auf die Oberfläche zu, die Luftblasen und ich, es wird immer heller, ich tauche auf, erst dann spüre ich wie die Luft meine Lungen schneidet, sodass ich husten muss, ich spüre den Boden unter meinen Füßen, wische mit beiden Händen mein Gesicht, das Erste was ich sehe, ist eine ausgestreckte Hand, die mir aus dem Wasser hilft und ein breites Lächeln.

Tilottama.

Danksagung

Mein Dank gilt Lord Jagannath, dessen Barmherzigkeit selbst den am weitesten Gefallenen gilt, sowie allen unbekannten Seelen, die vielleicht unwissentlich Teil dieser Geschichte wurden, auch Ferry, er hat am Schluss diese Geschichte gestreift. Darüber hinaus bedanke mich bei den Worten, die sich auf die Seiten meines Buches verirrt haben.

*Erstellung und Gestaltung wurden
mithilfe von WriteControl vorgenommen*